As MAIS

Patrícia Barboza

As MAIS

3ª edição
Rio de Janeiro-RJ / Campinas-SP, 2012

Editora: Raïssa Castro
Coordenadora Editorial: Ana Paula Gomes
Copidesque: Ana Paula Gomes
Revisão: Anna Carolina G. de Souza
Capa e Projeto Gráfico: André S. Tavares da Silva
Ilustrações: Isabela Donato Fernandes

ISBN: 978-85-7686-176-8

Copyright © Verus Editora, 2012

Direitos mundiais reservados em língua portuguesa por Verus Editora. Nenhuma parte desta obra pode ser reproduzida ou transmitida por qualquer forma e/ou quaisquer meios (eletrônico ou mecânico, incluindo fotocópia e gravação) ou arquivada em qualquer sistema ou banco de dados sem permissão escrita da editora.

Verus Editora Ltda.
Rua Benedicto Aristides Ribeiro, 55, Jd. Santa Genebra II, Campinas/SP, 13084-753
Fone/Fax: (19) 3249-0001 | www.veruseditora.com.br

CIP-BRASIL. CATALOGAÇÃO NA FONTE
SINDICATO NACIONAL DOS EDITORES DE LIVROS, RJ

B214m

Barboza, Patrícia, 1971-
  As mais / Patrícia Barboza ; [ilustração de Isabela Donato Fernandes]. - 3 ed. - Campinas, SP : Verus, 2012.
  il. ; 23 cm

  ISBN 978-85-7686-176-8

  1. Literatura infantojuvenil brasileira. I. Fernandes, Isabela Donato, 1974-. II. Título.

12-0142
CDD: 028.5
CDU: 087.5

Revisado conforme o novo acordo ortográfico

Sumário

Prefácio 7

Parte 1 Não se irrita, Maria Rita!
1. Oi! Eu sou a Mari, a M das MAIS! 13
2. A festa de 15 anos da Giovana 21
3. Entre balas e pipocas 29
4. Quando tudo dá errado, é porque
   algo muito bom está por vir 34
5. O primeiro almoço na casa do namorado 40
6. A imperadora de Roma 44
7. Pergunta de criança 47
8. Vai uma maionese aí? 51
9. As melhores amigas são as minhas! 56

Parte 2 Decida-se, Ana Paula!
10. Oi! Eu sou a Aninha, a A das MAIS! 63
11. A eleição do grêmio 69
12. E o aniversário está chegando! 75
13. Completamente indecisa 80

- 14. A festa 85
- 15. Sendo responsável 92
- 16. Nem tudo são flores 97
- 17. A peça de teatro 101

Parte 3 Ingrid apaixonada!

- 18. Oi! Eu sou a Ingrid, a I das MAIS! 109
- 19. Jéssica bancando o Cupido? 116
- 20. A carta 121
- 21. A grande final do intercolegial 125
- 22. A festa de aniversário da Jéssica 131
- 23. A revelação 137
- 24. Os coelhos alienígenas 141
- 25. Arpoador 145

Parte 4 Calma, Susana!

- 26. Oi! Eu sou a Susana, a S das MAIS! 151
- 27. Quem é esse garoto? 156
- 28. A grande surpresa 162
- 29. O sonho ameaçado 169
- 30. A Estação do Som 174
- 31. E viva o Monteiro Lobato! 180
- 32. Brigadeiros podem ser românticos 184

Conclusão 191

Prefácio

Último dia de aula do oitavo ano. Todo mundo se despedia, assinando camisetas e agendas, dando um último abraço antes das tão aguardadas férias.

Mari, Aninha, Ingrid e Susana foram se despedir da professora Aline, de português e redação. Ela estava de casamento marcado, e as meninas estavam curiosas sobre a lua de mel.

– Vai ser em Liverpool, na Inglaterra – a professora respondeu empolgada.

– Liverpool? – Mari fez uma careta engraçada. – Você é a primeira pessoa que eu conheço que vai passar a lua de mel em Liverpool. Por quê?

– Por causa disso – ela mostrou um livro grosso, uma biografia dos Beatles. – Eu e o meu noivo somos fãs dos Beatles e sempre tivemos vontade de conhecer a cidade onde teve início a banda mais famosa do mundo.

– Que legal! – Aninha pegou o livro, maravilhada com a quantidade de fotos. – Sabia que eu nunca li uma biografia? Engraçado, né? Eu, que adoro ler, nunca tive a curiosidade de ler a história da vida de alguém.

– Ah, isso vai ser muito fácil, Aninha – Susana fez pose de artista de cinema, simulando o gesto de adeus das atrizes. – Quando eu me tornar uma atleta famosa e escreverem a minha biografia, você vai ser uma das primeiras a ler, combinado?

– Mas essa garota está muito metida! – Ingrid riu. – Vai escolher um jornalista bem famoso pra escrever?

– Vocês me divertem! – Aline riu das quatro enquanto esvaziava a mesa, colocando tudo em uma grande sacola.

– No ano que vem, você vai continuar a ser nossa professora de português e redação, né? – Aninha perguntou, fazendo uma cara de súplica tão engraçada que todas caíram na risada.

– Pois é, vou sim, meninas! – Elas aplaudiram. – Último ano do ensino fundamental. Depois vem o ensino médio, a escolha da profissão, o vestibular...

– Ai, professora! – Mari deu um gritinho. – Por favor, não me assusta!

– Calma, Mari! – ela riu. – Estou falando isso para aproveitarem bastante o nono ano, enquanto grandes responsabilidades não aparecem.

– A gente podia fazer algo bem marcante, algo que a gente pudesse guardar para sempre! – Ingrid fez a tradicional cara de romântica, pensando, claro, que o mais marcante do ano seria ela encontrar sua alma gêmea.

A professora fez uma cara engraçada olhando para as quatro garotas. Abriu novamente a sacola e pegou a biografia dos Beatles.

– Que tal isso? – balançou o livro para elas, com um sorriso enorme no rosto, deixando as garotas confusas.

– O que você quer dizer, professora? Que a gente deve marcar o ano que vem sendo fãs dos Beatles? – Susana perguntou com uma cara espantada.

– Não! – Aline riu tanto que teve de se segurar na cadeira. – Se quiserem gostar dos Beatles, têm o meu apoio. Mas estou falando do que a Ingrid acabou de dizer. De vocês fazerem algo que pudessem guardar para sempre.

– Continuo sem entender – Ingrid pegou o livro, olhando intrigada para a capa.

– Vocês não inventaram uma sigla para a amizade de vocês? As MAIS? Então! Que tal se escrevessem uma autobiografia juntas no ano que vem?

Prefácio

Cada uma escreve uma parte e depois, no fim do ano, vocês podem juntar tudo num único volume.

– Achei a ideia sensacional! – Aninha vibrou. – Falou em livro, é comigo mesma!

– Mas isso não é difícil de fazer, hein, professora? – Mari coçou a cabeça.

– Que nada! – Aline continuou defendendo a ideia. – Escrevam do jeitinho de vocês, sem se preocupar com regras. Escrevam com o coração. Depois de uns anos, quando vocês estiverem mais velhas e forem ler de novo, prometo que vão dar boas risadas! Eu tenho vários diários, de quando eu era adolescente, guardados até hoje. É diversão na certa.

Como a escola já estava praticamente vazia, as meninas saíram do CEM pela última vez aquele ano. Os portões se fecharam e as MAIS resolveram comemorar o fim do ano letivo na praça de alimentação do shopping.

Depois de se fartarem com hambúrgueres, batatas fritas e sundaes de chocolate, Ingrid se lembrou da sugestão da professora.

– E então, meninas? Vamos escrever um livro juntas? – ela se empolgou tanto que chegou a babar a calda do sundae.

– Eu topo! – Aninha bateu palmas. – Posso juntar as partes no fim do ano, como a Aline sugeriu. Eu queria mesmo aprender a diagramar um livro, vai ser uma ótima oportunidade!

– Mas como a gente vai fazer isso? – Mari perguntou já animada.

– Bom, nós somos quatro – Susana começou a fazer uma expressão pensativa, típica de quando precisava solucionar algum mistério ou caso complicado. – E se a gente seguir a ordem da nossa sigla?

– Seguir a ordem da sigla? – Ingrid ficou confusa. – Como assim?

– É, a ordem da sigla! – Susana continuou. – Cada uma escreve mais ou menos o que aconteceu em um trimestre, na ordem da sigla das MAIS. Primeiro a Mari, depois a Aninha, depois você, Ingrid, e eu por último.

– Ótima ideia! – as outras responderam em coro.

– Então fica combinado – Aninha falou já arrumando a mochila, pois tinha que voltar para casa. – O ano que vem vai ser ainda mais divertido!

– Espero que no nosso livro tenha muitas cenas de amor – Ingrid agarrou a mochila cor-de-rosa e ganhou um abraço coletivo das amigas.

As MAIS terminaram aquele ano com a promessa de se tornar ainda mais amigas. O fim do ensino fundamental prometia grandes alegrias, expectativas, realização de sonhos e, quem sabe, grandes amores...

Parte 1

Não se irrita, Maria Rita!

1
Oi! Eu sou a Mari, a M das MAIS!

Eu me chamo Maria Rita. Eu acho o meu nome lindo, mas adoro ser chamada pelo apelido: Mari. Tenho 14 anos e estudo no Centro Educacional Machado, mais conhecido como CEM. Minhas melhores amigas são a Aninha, a Ingrid e a Susana. Fizemos a sigla da nossa amizade, MAIS, com as nossas iniciais. Afinal de contas, somos as MAIS legais, as MAIS bonitas, as MAIS inteligentes e também as MAIS "modestas" do Rio de Janeiro.

O CEM fica em Botafogo, o bairro onde todas nós moramos. É bem legal, pois vivemos pertinho umas das outras e do colégio, dá para fazer tudo a pé. Na sexta-feira, geralmente vamos ao shopping depois das aulas, para dar uma conferida nas vitrines e fofocar na praça de alimentação. De tanto a gente fazer isso, acho que todo mundo que trabalha lá já conhece a nossa cara!

Agora eu tenho que contar como as minhas amigas são especiais!

A Aninha é a intelectual. Adora ler e está sempre bem informada sobre tudo. Além de inteligente, é a mais bonita do quarteto. Tem os cabelos loiros até a cintura e olhos azuis lindos. Os garotos se jogam aos pés dela. E acredita que ela nem percebe? É tão desligada essa minha amiga... Ela causa raiva em qualquer garota: come de tudo e não engor-

da! Aproveita o corpinho que tem e abusa das calças jeans de cintura baixa, camisetas coloridas e sandálias da moda.

A Ingrid é a romântica. Adora filmes de amor e chora em todos eles, colocando-se sempre no lugar da mocinha. Sua cor preferida é rosa. Quando digo *rosa*, leve ao pé da letra: roupa, celular, agenda, decoração do quarto, mochila. Ela procura ser alto-astral e acredita que todas as pessoas têm um lado bom que precisa ser cultivado. Adora incensos e florais de Bach. É a coisa mais fofa, ruivinha, com os cabelos na altura dos ombros e cachos nas pontas, além de sardas nas bochechas. Ela é baixinha, é a nossa Chaveirinho.

A Susana é a atleta. Ela é muito alta e a sensação do time de vôlei do colégio. Quando eu digo *alta*, é pra valer! Ela tem 1,85 metro de altura e nem fez 14 anos ainda! Nos campeonatos, não tem pra ninguém, a Susana é a melhor em quadra. E entende tudo de tratamentos de beleza. Sempre que a gente precisa de uma forcinha ou de dicas para tratar melhor dos cabelos ou da pele, vamos correndo atrás dela. Ela adora usar chapinha e, para facilitar prender os cabelos nos treinos e partidas, mantém os fios na altura dos ombros. Seus cabelos são bem pretos e, como adora uma praia, tem um bronzeado de causar inveja.

Acho que deu para perceber que sou uma tremenda puxa-saco das minhas amigas, né? Mas já falei muito delas. Agora vou falar um pouquinho de mim.

Você paga mico? Passa vergonha nas horas mais impróprias, derruba coisas, leva tombos, fala o que não deve, tropeça nos próprios pés?

Pois é, eu sou assim! Não aguento mais passar por isso todo santo dia. O pessoal lá do CEM adora falar: "Não se irrita, Maria Rita!" Mas cá entre nós: não é para ficar irritada com essa rima sem graça? De vez em quando, um dos garotos solta essa frase, com toda a ênfase no i: "Não se irriiita, Maria Riiita!" Até lá em casa começaram a falar assim comigo, acredita?

Não tem jeito, deve estar no meu DNA ou alguma coisa assim. Nasci para ser atrapalhada e pagar micos e vou continuar desse jeito pelo resto da vida. (Ok, acho que esqueci de falar que também tenho um lado

dramático e exagerado!) O segredo é ser a primeira pessoa a rir. Se eu demonstrar que fiquei chateada ou irritada, aí é que pegam mesmo no meu pé. E lá vem a famosa frase: "Não se irrita, Maria Rita!" Estou aprendendo a me controlar, mas não é uma coisa muito fácil de fazer, já que pagar mico é algo que faz parte do meu dia a dia.

No quesito aparência, me considero normal. Meus olhos são castanhos, assim como meus cabelos, que gosto de usar mais compridos, abaixo da altura dos ombros. Eles são naturalmente lisos, sem precisar de escova progressiva, regressiva, de cebola, amendoim, ovo cozido ou qualquer outra escova maluca que inventam a cada dia. Tenho uma franjinha em que só a Solange, minha cabeleireira, pode colocar a mão. Ah, e tenho uma coleção de tênis coloridos. Amo! Gosto de usar com jeans ou vestidinhos, tanto faz.

A minha família é bem diferente! Bem, pelo menos eu acho que é, comparando com as outras que conheço. Minha mãe é executiva e trabalha toda arrumada, de salto agulha, maquiada e com pasta de documentos. Está sempre correndo, e o celular toca a toda hora, não sei como ela aguenta! Meu pai trabalha em casa, traduzindo e revisando textos para diversas editoras, e vive no meio de pilhas de papéis. Só anda de bermudão e chinelo, e é ele quem cozinha. Como lê muito, sabe de tudo um pouco e, quando preciso tirar alguma dúvida, vou direto nele. O Alex, meu irmão, faz faculdade de biologia, é um tremendo nerd e quer se tornar cientista. Eu não tenho a menor ideia do que quero fazer. Já passou de tudo pela minha cabeça, mas resolvi relaxar. Um dia a profissão certa para mim vai aparecer.

Posso falar uma coisa? Com toda a sinceridade? Estou louca para as aulas começarem! Já é quase fim de janeiro e as meninas viajaram, me abandonaram, e estou aqui toda carente. Ontem minha mãe comprou o material escolar para o nono ano. Esse vai ser o último ano do ensino fundamental! Adoro cheiro de livro novo... E as canetas, cadernos e bloquinhos de anotações? Eu fico maluca quando entro numa daquelas papelarias cheias de coisinhas fofas. E, para guardar as coisas novas, fui praticamente obrigada a arrumar o meu armário.

No cantinho, caído entre o livro de matemática e o de geografia do oitavo ano, encontrei um envelope com fotos minhas e da Ingrid fazendo caretas mil, uma mais engraçada que a outra. Já tem mais de sete meses que isso aconteceu?! Ah, esse grande achado mereceu uma pausa na arrumação. Peguei as fotos, deitei na cama e comecei a rir me lembrando de tudo.

Doze de junho do ano passado. Dia dos Namorados. Para quem está namorando, esse dia é perfeito. Flores, bichinhos de pelúcia, cartões apaixonados, juras de amor eterno, mãos dadas, longos beijos, perfume no pescoço, olhos nos olhos.

Agora, para quem está solteira... um horror!

– De cinco em cinco minutos passa um comercial do Dia dos Namorados na televisão, Ingrid! Que ódio! – espumei de raiva.

– E não é, Mari? Vamos pensar o seguinte: nada mais é do que uma data comercial. Um dia para gastar um dinheiro que você não tem.

– Ãrrã, Ingrid! Até parece que você acredita no que acabou de falar.

– Tá bom, eu menti. Quem estou querendo enganar? – ela fez uma careta.

– Fala a verdade! Você não queria ganhar um presente no dia de hoje?

A Ingrid tentou disfarçar, mas seus olhos se encheram de lágrimas. Naquele momento, nós duas éramos as MAIS encalhadas. A Aninha e a Susana tinham encontros, e nós duas ficamos em casa chupando o dedo. A Aninha ia sair com um garoto do cursinho de inglês. E a Susana com o Stewart, um americano aluno de intercâmbio. Ele achou muito engraçado comemorar o Dia dos Namorados em junho, porque nos Estados Unidos é em fevereiro.

– Queria! – a Ingrid enxugou uma lágrima. – Somos as únicas sem namorado hoje, isso não é justo! Somos feias por acaso? Chatas? Desengonçadas?

– Estamos encalhadas! Isso é o fim! – foi a minha vez de cair no choro.

Tudo piorou quando a minha mãe disse que naquele dia jantaria fora com o meu pai, e o Alex ia sair com uma garota da faculdade. Até meus pais, com vinte anos de casados, ainda vivem como namorados.

Não se irrita, Maria Rita!

Eu tenho uma paixão secreta pelo Lucas, da minha turma. Ele é tão lindo! É meu amigo, mas nunca me deu bola. Ou pelo menos eu acho que não, pois ele é um tantinho tímido. E não foi por falta de dicas e indiretas da minha parte! Quando é que ele vai me enxergar? Ou tomar uma atitude?

Naquele dia 12, a Ingrid veio dormir aqui em casa para colocarmos as fofocas em dia e, dessa forma, uma consolar a outra. Sair para algum lugar? Nem pensar! Ficar vendo aqueles casais melosos em todos os cantos? Nem por um decreto!

– Já sei! – gritou a Ingrid.

– Ai, que susto! – dei um pulo, ainda enxugando as lágrimas.

– Vamos fazer uma simpatia! Amanhã não é dia de santo Antônio? – ela perguntou empolgadíssima.

– Você acredita nisso mesmo? – duvidei.

– Se acredito eu não sei, mas não custa nada tentar – ela disse, enquanto revirava a mochila. – Aqui nessa revista tem várias simpatias. Vamos tentar?

– Ai, não sei não... Tenho medo de fantasma...

– O que uma coisa tem a ver com a outra, Mari? – a Ingrid começou a rir da minha cara.

– Sei lá! Vamos ler logo esse negócio! O que diz aí?

– Aqui, uma sugestão de simpatia. "Para descobrir o nome do seu futuro namorado, compre um facão. Quando der meia-noite do dia 12 de junho, enfie-o numa bananeira. O líquido que escorrer vai formar a primeira letra do nome dele."

– Alouuuu, Ingrid! Onde, a essa hora da noite, vamos arrumar uma bananeira, me fala?

– É verdade! Vamos ver outra. "À meia-noite do dia 12 de junho, quebre um ovo dentro de um copo com água e o coloque no sereno, ou seja, fora de casa, ao ar livre. No dia seguinte, observe o desenho que se formou. Se surgir algo parecido com um vestido de noiva, véu ou grinalda, o casamento está bem próximo."

– Casamento? Deus me livre! Eu só quero um namorado. Não, essa também não é boa.

— Credo! Hummm, essa! – a Ingrid apontou para a revista toda animada. – Acho que podemos fazer essa. "Para descobrir o nome do seu futuro namorado, escreva em vários papeizinhos o nome dos meninos em que possa estar interessada. Um dos papéis deve ser deixado em branco. À meia-noite do dia 12 de junho, coloque-os em um prato ou bacia com água e deixe ao relento durante a madrugada. No dia seguinte, o papelzinho que estiver mais aberto indicará o nome dele. Caso o papel em branco seja o mais aberto, significa que nenhum dos meninos está no seu destino."

— Essa é fácil! Vamos fazer? – me animei.

— Vamos!

Corremos e pegamos papel e caneta. Combinamos de escrever cinco nomes cada uma e deixar o tal papel em branco. A gente tinha medo que, com a nossa sorte, apenas ele abrisse, apontando o desastre da nossa vida amorosa.

— Vamos logo, Mari. Já são 11h30! – a Ingrid me apressou.

— Já coloquei o nome do Lucas, óbvio. Calma, vou colocar o do Caíque também. Eu vi ele primeiro! – eu disse aos pulos.

— Como assim, viu primeiro?

— Não lembra? Fui tomar água naquele bebedouro do segundo andar e ele estava lá. Quando saiu, pisou no meu pé.

— Grande coisa, um pisão no pé! Tudo bem, garota chata, pode colocar o Caíque na sua vasilha! – a Ingrid autorizou.

À meia-noite em ponto, colocamos nossas vasilhas na área dos fundos, por falta de um quintal. Vimos um filme, comemos pipoca e por volta das duas da madrugada fomos dormir. Mas, sem aguentar de curiosidade, acordamos às sete e corremos para a área dos fundos para ver qual papel estava mais aberto.

— O meu namorado vai ser o Caíque, nem acredito! – eu disse aos pulos.

— Ah, legal... – a Ingrid falou com uma cara muito suspeita.

— E o seu? Que nome abriu? – perguntei eufórica.

— Um garoto aí... – ela respondeu um tanto desanimada, escondendo o papel nas costas.

– Para de suspense, deixa eu ver!
– Credo, que garota mais curiosa! – ela protestou, abrindo a mão logo em seguida.
– Caíque? Você colocou o nome do Caíque na sua simpatia? Não acredito! – falei, completamente transtornada com a traição dela.
– Ai, desculpa, vai! É que acho o Caíque tão bonitinho...
– E agora, o nome dele abriu para as duas! Com quem ele vai ficar? – perguntei preocupada.
– Não sei – a Ingrid respondeu. – Ele vai ter que decidir!

Como o fatídico Dia dos Namorados já tinha passado, resolvemos dar uma volta no shopping. Andamos por meia hora e vimos o Caíque numa loja de sapato. Nem acreditamos! Seria uma boa hora para ele se decidir entre as duas.

– Oi, Caíque! – falamos ao mesmo tempo.
– Oi, Mari! Oi, Ingrid! Vocês nem imaginam o que aconteceu!
– O quê?
– Eu sonhei com vocês duas de ontem pra hoje, acreditam?

Ficamos espantadas! Será que a nossa simpatia tinha enfeitiçado o pobre do Caíque? O que será que ele tinha sonhado?

– Sonhou com a gente? – perguntou a Ingrid, um tanto engasgada.
– Sonhei que vocês duas estavam vestidas de bruxa mexendo um caldeirão.
– Você está chamando a gente de bruxas? – perguntei indignada.
– Calma, meninas! – ele caiu no riso. – Foi só um sonho. E sonho tem explicação por acaso?
– Sei lá... – a Ingrid respondeu. – Mas e aí?
– Aí eu estava amarrado numa cadeira! Acho que vocês duas iam me cozinhar naquele caldeirão. Ah, essa é a minha namorada – ele apontou quando uma menina entrou na loja. – Essa é a Daniela. Dani, essas são as bruxinhas do meu sonho!
– Oi, tudo bem? – ela nos cumprimentou, com um sorrisinho sarcástico no canto da boca.
– Olá! – respondemos ao mesmo tempo, concluindo que estávamos andando muito juntas, a ponto de falarmos em coro várias vezes.

– Caíque, a gente já está indo. Tchau! – puxei a Ingrid pelo braço.

– Que porcaria de simpatia foi aquela, hein? – ela só falou quando a gente já estava no outro corredor do shopping. – Bruxas? Nós duas? Era só o que faltava!

– Bruxa é aquela tal de Daniela! Viu a cara dela? Cheia de espinhas!

– Para de ser invejosa, Mari! A garota era bonita.

– Bonita nada! Horrorosa!

E assim terminamos aquele dia de santo Antônio, maldizendo todas as simpatias de amor e esperando que no ano seguinte cada uma estivesse com seu respectivo futuro namorado.

2
A festa de 15 anos da Giovana

Depois de muito arrumar o armário, ver filmes alugados e aturar o meu irmão falando como queria fazer um estágio sobre a vida das minhocas, finalmente as férias acabaram. Acho que eu era a única aluna do CEM que estava comemorando. Até que enfim, não aguentava mais ficar longe das minhas amigas! O Carnaval foi logo no início de fevereiro, e o ano letivo começou de uma vez por todas. E muito bem, por sinal! Não dizem que o ano só começa mesmo depois do Carnaval?

O colégio estava praticamente em festa! A parte interna tinha sido pintada e parecia novinha. Rever todo mundo foi muito legal, especialmente as MAIS. Quer dizer... posso incluir mais uma pessoa nesse "especialmente"? O Lucas! Ah, coisinha mais fofa! Não aguentava mais só fuxicar a vida dele pela internet. Estava com saudade de vê-lo pessoalmente. Ele estava ainda mais gatinho.

– Vocês me abandonaram, suas mocreias! – abracei as meninas, dando pulos de felicidade.

– Cada uma acabou indo para um lado nas férias. Estava com saudade de vocês! – a Ingrid falou, espremida no meio do abraço.

– Eu não podia deixar de ir para a casa do meu primo em Cabo Frio, né? Não estou com um bronzeado lindo? – a Aninha falou, mostrando os braços.

— Bronzeado? – a Susana riu. – Cadê, sua branquela? Passou protetor solar fator 100?

— Que bom! – dei um beliscão de leve em cada uma, feliz da vida. – Tudo voltou a ser o que era!

Como sempre, sentamos juntas para dar uma fofocadinha básica entre uma aula e outra. Escolhi o lugar mais estratégico para espiar o Lucas, lógico. Eu acho lindo até o jeito que ele pisca, prestando atenção nos professores. Eu ainda vou vencer aquela timidez dele! Percebo que ele olha para mim, mas por que não faz nada? Aliás, por que nós, meninas, sempre temos que esperar os meninos tomarem a iniciativa?

Passada a primeira semana de aula, percebi logo que a matemática ia ser a dona dos meus pesadelos nas vésperas de prova. Mas ela ia ter que esperar para me perturbar, sabe por quê? Acordei abençoando tudo e todos por ter recebido o convite da festa mais badalada do ano. Até aquele momento, pelo menos. A festa de 15 anos da Giovana, prima do Lucas. Quando ela disse que eu seria uma das damas e o Lucas dançaria comigo, pirei. Uma pena que só tivemos um ensaio para a valsa. Mas, claro, usei isso como desculpa para conversar mais com ele durante a semana. A gente está naquela fase de troca de recadinhos pela internet e olhares no intervalo das aulas. Decidi que o conquistaria de vez na festa.

Levantei da cama e abri as cortinas. Sábado de sol, céu azul, dia lindo, maravilhoso. Sorri e fui para o banheiro. Tinha que me preparar para o meu dia: salão, cabelo, unha. Levaria metade do dia nisso, mas tudo bem.

— Aaaaaiiii!!! – gritei apavorada olhando para o espelho.

— Que foi, Maria Rita? – minha mãe apareceu esbaforida na porta. – Barata no banheiro de novo?

— Que barata, mãe, que barata?! Olha isso!

— Isso o quê, garota maluca, quer me matar do coração?

— Essa espinha enorme no meu nariz! Meu Deus, meu mundo caiu! Como eu vou dançar com o garoto mais maravilhoso do planeta com esse treco na cara? Eu estou deformada! – caí em prantos.

— Ô, garota exagerada! Calma! Se chorar por causa disso, ainda vai ficar com olheira. Deixa eu dar uma olhada... Ah, isso não é espinha!

Não se irrita, Maria Rita!

Algum inseto te picou à noite e ficou inchado. Vamos colocar uma compressa morna aí que logo volta ao normal.

Minha mãe falou *morna*, certo? Para que morna se podemos colocar uma quente logo? Assim tudo vai mais rápido, concorda? Fiz a compressa quente. Desinchar até que desinchou, mas meu nariz ficou muito vermelho, praticamente queimado! Tudo bem, nada que uma boa maquiagem não esconda.

Fui para o salão. Já tinha marcado hora fazia séculos, para não me estressar depois. Cheguei lá e estava lotado. Nem liguei, afinal de contas eu tinha marcado tudo com antecedência.

– Oi, Mari! Por que você não apareceu ontem? – a recepcionista perguntou.

– Ontem? – estranhei a pergunta. – Como assim?

– Você tinha marcado penteado, pé e mão para ontem e não veio.

– Não, você está enganada! Marquei para hoje! – respondi, já ficando apavorada.

– Aqui, Mari, olha – ela disse, apontando para a agenda.

Meu horário estava mesmo marcado na sexta e não no sábado! Como pude me confundir assim?

– Mas não dá para encaixar? Eu tenho a festa do ano hoje, preciso fazer o penteado e tudo o mais! – eu disse quase gritando, chamando a atenção das pessoas em volta.

– Vamos ver o que posso fazer. Houve uma desistência no horário das seis.

– Seis horas? A festa é duas horas depois!

– Infelizmente é o que eu posso te oferecer! E se você demorar muito para resolver, do jeito que está isso aqui hoje, logo, logo ele vai ser preenchido.

– Tudo bem, marca, por favor. Só a Solange entende meu cabelo, se eu for a outro salão estou perdida. E a manicure?

– Impossível para hoje, desculpa.

– Ai, tô frita! Mais tarde eu volto então para fazer o penteado.

Saí de lá arrasada. Como um dia que tinha tudo para ser perfeito se desenrola dessa maneira? De repente me lembrei da minha tia Elvira.

As MAIS

Ela diz que, quando tudo dá errado, é porque algo muito bom está por vir. Precisei acreditar nisso seriamente!

Eu tinha que resolver a questão das unhas. Como o Lucas ia pegar na minha mão com aquelas unhas horríveis? Passei por outros salões ali perto e todos estavam lotados. Todas as mulheres do universo tinham resolvido fazer as unhas nos salões de Botafogo. Fui até a casa da Susana, a MAIS que entende tudo de beleza.

— Ai, Mari, logo hoje? — ela fez a maior cara de tédio quando contei o meu problema. — Como não fui convidada para essa festa, marquei cinema com as meninas do time mais tarde.

— Amiga, você não está entendendo! — parti para a cara de coitada, do tipo cãozinho abandonado. — Me ajuda, vai. Eu não sei pintar as unhas, você sabe. Me salva!

— Tá bom, tá bom! — ela disse, caindo na gargalhada. — Senta aí que eu vou esquentar água para facilitar as coisas.

É uma beleza quando a pessoa sabe o que está fazendo. Em meia hora, a Susana fez o que eu não conseguiria sozinha nem em duas horas. Quando saí da casa dela, eu já estava até um pouco mais aliviada. As unhas estavam feitas. Ótimo! Agora o Lucas ia querer agarrar as minhas mãos para nunca mais soltar.

O penteado no salão, que estava marcado para as seis horas, só começou às sete, e quando ficou pronto já eram quase oito! Desesperada, me arrumei rapidinho e fui para a festa. Cheguei uma hora atrasada.

Modéstia à parte, eu estava linda, mas, com toda aquela correria, já cheguei cansada. Porém o cansaço não durou nem cinco minutos! Quando vi o Lucas todo arrumado, parecendo um príncipe, pensei que tinha entrado num conto de fadas. Desses que a Ingrid fica suspirando quando conta para sua irmã mais nova, a Jéssica. Os cabelos loiros e os olhos cor de mel dele serviriam direitinho de ilustração em um livro sobre uma princesa que é salva do alto de uma torre. Quando ele sorriu para mim, daquele jeitinho lindo e tímido, percebi que toda a correria para me arrumar tinha valido a pena.

As damas receberam um arranjo com uma vela para segurar durante a valsa. Foi uma festa bem tradicional, com todos os rituais. Acho que foi ideia da mãe da aniversariante. Acredita que ela trocava de vestido com a Giovana? Acho que ela não teve festa de 15 anos e resolveu realizar o sonho com a filha.

Os casais formaram um círculo, e a Giovana ficou no meio com o namorado. Conforme ela ia dançando, apagava cada vela e o casal começava a dançar. A Aninha também dançou, com o primo dela, o Hugo. Eu estava radiante com o meu par! Parecia que dançava nas nuvens e não via mais o teto do salão, mas, na minha cabeça, apenas o céu estrelado.

De repente, o céu estrelado ficou nublado, com raios e trovões. Eu estava tão envolvida nos braços do Lucas que não percebi que uma das damas, a Cíntia, ainda segurava a vela acesa. Acabei esbarrando nela e a vela caiu na parte de trás do meu vestido, que tinha um laço de tecido bem fininho e começou a pegar fogo. Mais que depressa, o Lucas começou a bater no laço, que ia até o meu bumbum, para apagar as chamas. Ele pegou o isqueiro que tinha no bolso e acendeu a vela da Cíntia de novo. Foi tudo muito rápido e só algumas pessoas perceberam, pois a maioria estava olhando para a Giovana. Mas isso me rendeu umas boas palmadas no bumbum!

As MAIS

Forcei um sorriso até o fim, mas minha vontade era sumir! Imagina: eu, que queria conquistar o Lucas, acabei levando uma "surra" dele, em vez de uns beijinhos.

Depois da valsa, quase não consegui me aproximar dele. Meu plano de conquista tinha ido por água abaixo. Não adiantaram o penteado, as unhas pintadas, nada. Ele ficou ajudando a receber os convidados e dando atenção para todo mundo ao mesmo tempo. Se pelo menos todas as MAIS estivessem na festa... Mas só eu e a Aninha conhecíamos a Giovana, pois fizemos curso de inglês com ela. Fomos para a pista dançar e, apesar do desânimo, não perdi a pose. Quem me visse dançando nem notaria, mas por dentro eu estava decepcionada. Só a Aninha mesmo para perceber, afinal ela me conhece perfeitamente. Eu tinha pensado nos mínimos detalhes daquele dia, e nada aconteceu como planejado.

Resolvi aproveitar a festa, afinal de contas tive o maior trabalhão para me produzir. Depois que dancei com a Aninha e o primo dela, fui dar uma volta, assim como quem não quer nada, perto da mesa dos doces. Nada como um bom chocolate para aliviar as tensões. O bolo ainda não tinha sido cortado. E os docinhos estavam lá, aguardando para ser servidos. Depooois do bolo. Mas por que esperar? Olhei em volta, mais que depressa peguei um brigadeiro bem gordinho e enfiei tudo na boca. Apesar de estar delicioso, me arrependi profundamente, pois era daquele tipo que gruda nos dentes. Se alguém viesse falar comigo, ia ser complicado. Coloquei as mãos para trás para esconder a forminha.

De repente, senti um negócio estranho na mão. Meio molhado. Olhei para trás e não acreditei no que vi. Um poodle branco, todo cheio de laçarotes e babados, resolveu lamber a minha mão! Um poodle!

– Ai, meu bebê! Você está aí? – a dona apareceu e encheu o cachorrinho de beijos. – Não fuja da mamãe, seja bonzinho – e o colocou numa bolsa também cheia de laçarotes e babados.

Agora, imagine só o meu telefonema para a Susana depois da festa. "Oi, Susana! Se as unhas que você fez ajudaram a conquistar o Lucas? Olha, não muito, mas um poodle caiu de amores pelas minhas mãos e as lambeu inteirinhas." Por que diabos a mulher levou um cachorro para uma festa de 15 anos? Quando a gente pensa que já viu de tudo...

Não se irrita, Maria Rita!

Corri para lavar as mãos e lá do banheiro comecei a escutar os parabéns. Que ótimo! Enxuguei as mãos, voei para o salão e ainda consegui pegar o finalzinho. Serviram o bolo, que estava uma delícia. A gulosa da Aninha comeu dois pedaços, um atrás do outro. Logo depois, muita gente começou a ir embora e, como não tinha nem sinal do Lucas, resolvi pegar uma carona para casa.

No dia seguinte, acordei com cara de poucos amigos. Domingo já é um dia chato por natureza, agora imagine depois de uma festa recheada de micos, um atrás do outro.

– Mari, telefone! – minha mãe gritou lá da sala.

– Quem é, mãe? – perguntei com uma tremenda má vontade.

– Não sei, é voz de homem. Corrigindo, de um jovem rapaz – ela respondeu cochichando, tapando o telefone com a mão e fazendo uma careta.

– Alô? – falei, curiosíssima para saber quem era.

– Oi, Mari! É o Lucas. Tudo bem?

– Tudo bem – respondi, chocada.

– Então, queria me desculpar com você por causa de ontem.

– Se desculpar?

– É. Queria ter dançado mais com você na festa, mas nem consegui aproveitar direito. Tive que dar uma força para a minha prima.

– Imagina! – respondi, quase surtando. – Família é pra isso mesmo.

– Mas eu queria consertar isso. Quer ir ao cinema comigo hoje?

– Cinema? – *Ai, meu Deus, eu estou ouvindo isso mesmo?* – Ah, pode ser.

– Legal. Então eu te pego às quatro.

– Combinado. A Giovana também vai?

– Não, só a gente. Pode ser?

Ai, meu Deus, ele está me convidando para sair de casal. É isso mesmo que eu entendi? Morri!

– Claro que sim!

– Então tá, Mari, te vejo mais tarde. Beijo.

– Outro. Tchau.

Desliguei o telefone e comecei a dar gritinhos de felicidade pela casa. Minha mãe, que já acha que tenho os parafusos frouxos, acabou tendo

a confirmação. Logo em seguida, liguei para as MAIS para contar a novidade e pegar umas dicas. Elas ficaram eufóricas, do mesmo jeito que eu.

Santa tia Elvira! Realmente, quando tudo dá errado, é porque algo muito bom está por vir. Estou ansiosa para saber o que vai acontecer no escurinho do cinema...

3
Entre balas e pipocas

Coloquei o meu melhor vestido de alcinhas, um tênis superfofo combinando e passei o meu perfume mais gostoso. Quando o interfone tocou, meu coração bateu acelerado. Fui correndo para o elevador e, quando cheguei à portaria, lá estava ele. Não poderia estar mais lindinho: calça jeans, tênis preto e uma camisa xadrez azul.

– Você está linda – o Lucas disse depois de me dar um beijo no rosto. Ele ficou meio sem graça quando me elogiou, me olhando meio de lado.

– Obrigada – *Oba, ponto pra mim!*

Caminhamos até o shopping comentando sobre a festa. Achei muito engraçado quando ele contou que teve um trabalhão para tirar um tio bêbado do banheiro. E rimos mais ainda das senhoras todas bem-vestidas, bancando as elegantes, mas que foram com bolsas enormes só para levar um monte de docinhos para casa. Além da mulher do poodle. A conversa estava tão boa que nem percebi que já tínhamos subido várias escadas rolantes até a entrada do cinema.

Para minha surpresa, ele escolheu uma comédia romântica. Homens geralmente adoram filmes de ação, pancadaria, essas coisas. Um filme cheio de cenas melosas, com mil carinhos e... beijos? Comecei a me empolgar de verdade. Será que ele queria se inspirar nas cenas?

As MAIS

Compramos pipoca e um monte de jujuba. Peguei esse vício da Aninha, que é louca por essas balinhas. Procuramos os lugares que estavam marcados nos ingressos. Acho muito legal poder escolher o assento na hora de comprar a entrada. Nossos lugares ficavam numa das últimas fileiras. Conforme fomos subindo as escadas, percebi que o cinema estava lotado. Botafogo inteiro teve a mesma ideia.

Quando as luzes começaram a apagar, foi difícil conter a ansiedade. Eu estava tão distraída pensando em que momento do filme ele ia me beijar que não reparei que um casal estava pedindo licença. Eles queriam se sentar no fim da nossa fileira e teriam que passar pela gente. Encolhi as pernas para que eles passassem, mas a bolsa gigante da garota esbarrou no meu saco de pipoca e derrubou quase metade! Se eu estivesse com as MAIS, com certeza faria a sem educação me pagar outra pipoca. Mas, como eu não queria arrumar confusão na frente do Lucas, apenas dei um sorrisinho forçado e falei:

– Ah, tudo bem, acidentes acontecem.

O filme era muito bom! Nas partes mais românticas, eu esperei que ele tomasse uma atitude, mas nada. Só enfiava uma pipoca atrás da outra na boca. Não satisfeito, quando elas acabaram ainda pegou as minhas jujubas. A mulher da bolsa gigante, derrubadora de pipocas alheias, não viu nem metade do filme. Estava bastante ocupada com seu filminho particular. Como dizem por aí, bateu uma "invejinha branca" dela.

Quando o filme acabou e as luzes acenderam, eu estava muito frustrada. O Lucas não tinha me dado nem uma roçada de braço, não tentou pegar minha mão, não cochichou sobre nenhuma parte interessante. Nada. Absolutamente nada!

Falei que precisava ir ao banheiro e ele ficou me esperando, sentado em um banco no corredor. Liguei para as MAIS. A Aninha estava ficando com um garoto da turma ao lado da nossa, o Guiga, e deve ter sido por isso que não me atendeu. A Ingrid sempre esquecia o celular dentro da bolsa. Até que a Susana me atendeu!

– Amiga, meu encontro está uma droga! Não aconteceu nada dentro do cinema. Além do filme, lógico.

– Calma, Mari – ela riu do outro lado da linha. – Você sempre soube que ele era tímido. Achou que ele ia perder a timidez assim de cara e te agarrar logo no primeiro encontro? Você está ansiosa demais!

– Não sei o que fazer. Me ajuda!

– Tenta puxar um assunto que ele goste, para ele se soltar.

– Ele adora basquete. Vou falar sobre isso então. Ah, tive uma ideia! Você pode pesquisar na internet, nesses sites de namoro, como conquistar um garoto tímido e mandar umas dicas no meu celular?

– Você não está falando sério!

– Estou falando MUITO sério. Estou desesperada. Essa paixão platônica já está durando tempo demais.

– Ai, meu Deus! – ela caiu na gargalhada. – Vou pesquisar na internet. Fica calma, Mari, vai dar tudo certo.

Saí do banheiro e lá estava ele, lindinho, me esperando.

– Quer comer alguma coisa? – ele perguntou, com as mãos no bolso, todo fofo.

– Depois de toda aquela pipoca? Acho que ainda não. E se a gente desse uma volta pelo shopping?

– Pode ser.

Andamos olhando as vitrines e um silêncio tomou conta do ambiente. Passamos por pelo menos umas dez lojas sem falar nada. Se eu não tomasse a iniciativa, ia ficar bem complicado.

– E então, Lucas? Você adora jogar basquete, né? Pretende jogar no time do CEM esse ano?

Os olhos dele brilharam! Boa dica a da Susana! No início ele foi devagar, mas depois começou a falar mais e fui ficando animada. Senti o celular vibrar dentro da bolsa e discretamente fui ver o torpedo. "Sempre que puder, toque de leve o braço dele, mas não exagere! Tímidos não gostam de muitas demonstrações afetivas em público."

Sorri para ele, que contava sobre uma vez em que tinha jogado em outra cidade e viajado sem os pais pela primeira vez. Aproveitei a deixa, toquei o braço dele e falei:

– Nossa, que legal!

Quando fiz isso, percebi que ele ficou meio vermelho, mas fingi que não vi. Desconfio que ganhei mais um pontinho.

O Lucas continuou falando sobre basquete e de repente o assunto morreu. De novo! E agora? Meu celular vibrou mais uma vez. "Tente ficar à vontade, fale um pouco de você, o que gosta de fazer, seu sorvete favorito. Os tímidos gostam de garotas bem-humoradas e divertidas."

Passamos em frente a uma loja de brinquedos. Seguindo a orientação da "guru Susana e seus torpedos mágicos", parei e apontei para um jogo.

— Nossa, eu brincava muito disso quando era criança! E você?

Mais uma vez deu certo! Ele contou que também jogava e falou de outros brinquedos de que gostava quando criança. Já que era para ser divertida, contei uma história de quando eu tinha 9 anos. Eu era gordinha e brava, e minha diversão preferida era bater nos meninos com a minha lancheira, que ganhou o apelido de Sansão, por causa do coelho da Mônica, dos quadrinhos do Mauricio de Sousa. Ele achou a história engraçada, mas depois me preocupei. Espero não ter passado a impressão de que eu ainda bato nos garotos!

Resolvemos entrar em uma loja de departamentos, dessas que vendem de tudo um pouco. Ele queria comprar um pen drive e, enquanto via as opções com a vendedora, resolvi dar uma voltinha pela seção de cosméticos. Já que estava ali mesmo, ia aproveitar para comprar um condicionador de cabelo. Olhei todas as opções, mas não tinha a marca que eu queria, então resolvi deixar para comprar na farmácia. Quando estava saindo de lá, não vi que tinha um desodorante caído no chão e, claro, com esse mico que carrego no ombro, pisei no frasco, perdi o equilíbrio e tentei me segurar em uma das estantes, mas não consegui. Caí de barriga em cima de uma pilha de potes de creme, que formavam uma pirâmide no meio do corredor.

Foi um barulho absurdo! E os potes, arredondados, saíram rolando pelo corredor. Alguns escapuliram para os corredores vizinhos, enquanto eu ficava caída de bumbum para cima sobre o que tinha sobrado da pirâmide. Apareceram umas vinte pessoas para olhar, mas nenhuma

para me tirar de lá. Uma garotinha de uns 4 anos não parava de rir e apontar para mim. Quando finalmente consegui me levantar, senti uma mão me ajudando. Era o Lucas. Justo ele! Não estava exatamente rindo de mim, mas sorrindo. Sabe aquele sorriso doido para explodir numa gargalhada? Eu queria sumir da face da terra. E logo apareceu a gerente da loja, com cara de tédio, olhando para o estrago que eu tinha feito. O meu instinto me mandava catar tudo do chão, mas ela educadamente me expulsou, dizendo que os funcionários iam arrumar o lugar.

Nesse momento, o celular vibrou de novo na bolsa. Era a Susana, com mais uma dica. "Amiga, tímidos não gostam de chamar atenção, então cuidado com possíveis escândalos. Segura o mico!" Tarde demais.

Pelo menos ele não me zoou nem comentou o vexame. Mas eu estava morta de vergonha. Preferi ir para casa. Não tinha mais clima de conquista nem de lanche na praça de alimentação. Eu tinha arruinado todas as minhas chances. Voltamos a pé e, para meu espanto, já que era sempre eu quem puxava assunto, ele perguntou o que eu achava dos novos professores. Fiz um esforço danado para ser simpática e fingir que nada daquilo tinha acontecido. Quando chegamos em frente ao meu prédio, ele se despediu todo simpático com um beijinho no rosto. Bem diferente do que eu tinha imaginado...

Ah, tia Elvira! Sua teoria está muito, mas muito errada! Quando nada dá certo, é porque não era para ser e pronto!

Onde fica mesmo o convento mais próximo?

4
Quando tudo dá errado, é porque algo muito bom está por vir

Na segunda-feira, as MAIS estavam loucas para saber do meu encontro com o Lucas. A mais decepcionada foi a Ingrid.

– Eu sinto que algo ainda vai acontecer! Senão ele não teria te convidado para ir ao cinema. Você vai ter que ter paciência.

– Aliás, cadê esse garoto que ainda não chegou? – olhei em volta preocupada, já que faltavam apenas cinco minutos para as aulas começarem. – Vai ver está tão arrependido que não teve nem coragem de dar as caras no CEM hoje.

– Ai, mas que garota mais dramática! – a Aninha riu. – Vai ver ele se atrasou, só isso.

Ele não apareceu. A carteira dele ficou lá, vazia, a manhã inteira. Fui embora já imaginando como eu ficaria com aquele hábito que as freiras usam. Será que faz muito calor embaixo daquela roupa?

Cheguei em casa morrendo de fome! Depois do fim de semana supermovimentado, com a festa da Giovana e o cinema com o Lucas, minha fome tinha dobrado. Esqueci de levar dinheiro para o lanche e filei uns biscoitinhos de polvilho da Aninha. Ela é tão gulosa! Só porque peguei meia dúzia de biscoitos, já me olhou de cara feia. Só me restou então uma barra de cereais meio amassada que achei no fundo da mochila. Minha barriga estava roncando tão alto que fiquei com medo de o pessoal ouvir aquela sonoplastia de desenho animado. *Ronc, ronc, ronc.*

Entrei em casa doida para saber o que o meu pai tinha feito de almoço. Como ele trabalha em casa, acabou ficando responsável pela nossa comida. Ele adora cozinhar! Acho que ele devia ser chefe de cozinha, em vez de tradutor e revisor. Levantei a tampa da panela e foi aí que recebi a grande notícia.

– Mari, vai ao mercado comprar alface, filha?

– Ai, pai! Alface? Quero alface não! – Odeio comer folha, confesso.

– Já preparei o resto da salada, só falta a alface. Vai lá rapidinho que já vou fritar os bifes.

Meu pai começou um discurso sobre os benefícios da alface, que é uma ótima fonte de vitaminas A e C, além de ter alto teor de fibras e ser um ótimo calmante. *Está me chamando de nervosinha nas entrelinhas?* Mas fazer o quê, né? Lá fui eu...

Eu até gosto de ir ao supermercado, mas para comprar coisas que já venham em pacotes, latas ou caixas. Escolher frutas, legumes e verduras não é comigo. Sempre fico indecisa, nunca sei como escolher, saber se está bom, maduro, verde, esses detalhes básicos.

Avistei um aglomerado de gente perto da seção de frios e fui lá dar uma olhada. Era um estande de degustação de uma marca de pão de queijo. Amo pão de queijo! Tinha uma demonstradora toda vestida de azul, cor da embalagem do produto. Ela era linda e conseguiu atrair os poucos seres do sexo masculino presentes no supermercado. Ela abria o pãozinho e colocava um pedacinho de presunto ou uma porção de requeijão. Com a fome que eu estava, não pensei duas vezes. Peguei um com requeijão, que estava uma delícia.

Os homens são muito engraçados. Todos em volta da demonstradora, estufando o peito e tentando ser simpáticos e sorridentes. Até o vizinho do 303 estava lá, cheio de amor para dar. Falta de desconfiômetro é um problema sério!

Na seção de verduras, encontrei três tipos de alface: americana, crespa e romana. Devo ter feito uma cara de interrogação tão grande olhando para elas que apareceu uma senhora e sorriu para mim. Sorri de volta.

– Posso abusar da sua boa vontade? – perguntei toda sem graça.

– Claro, mocinha. Não sabe escolher alface?

– Isso mesmo! Preciso levar e não sei como escolher.

– A alface-americana está fresquinha. Veja as folhas como estão bonitas. Pode levar sem medo.

– Ah, muito obrigada!

A alface vinha em uma embalagem plástica com uns furinhos, parecia até um buquê de noiva. Meio sinistro, hein? Buquê verde... Ah, juro que parecia sim. Para não perder a piada, fui andando para o caixa em ritmo de marcha nupcial. Àquela hora do dia o mercado estava cheio, todo mundo comprando coisas para o almoço. Escolhi a menor fila e parei atrás de uma senhora com um penteado surreal. Parecia um capacete vermelho-fogo, tive que me segurar para não cair na risada.

Cinco minutos se passaram e nada de a fila andar. Que tédio. E a barriga *ronc, ronc, ronc*. O pão de queijo não conseguiu enganar meu estômago por muito tempo. Naquela de ficar em pé sem fazer nada, acabei abraçando a alface. Um minuto depois, senti uma coceirinha no braço e, quando olhei, tinha uma minhoca se arrastando devagarzinho, quase chegando ao meu cotovelo. Que nojo! Só podia ter saído daquela alface cheia de vitaminas e fibras do meu pai. Dei um grito muito alto, mas só notei como tinha sido escandaloso quando vi o mercado todo olhando para mim.

No desespero, joguei a alface para o alto, que voou e foi parar no colo da operadora do caixa. Dei um peteleco tão violento na minhoca que ela foi parar no capacete vermelho da mulher à minha frente. A operadora ao lado gritou:

– A minhoca foi parar no cabelo dela!

A mulher começou a sacudir a cabeça e a falar:

– Tira, tira, tira!

Colocou as mãos nos joelhos e sacudia a cabeça. Nessa hora, apareceu o gerente e meteu a mão na cabeleira ruiva da mulher para tirar a minhoca.

E então senti os olhares em cima de mim. O capacete vermelho da mulher ficou todo bagunçado. A velhinha que tinha me ajudado a escolher a alface ria de mim.

– Vai levar a alface, menina? – a moça do caixa perguntou com cara de deboche.

Depois daquele escândalo todo, tinha de levar, ai de mim.

Ela colocou a verdura num saco plástico, que fui carregando com a ponta dos dedos, morrendo de medo que outro ser rastejante fosse me culpar pelo sumiço de seu parente. Quando coloquei os pés para fora do mercado, quem estava lá? O Jorge, o maior chato da turma 802, rindo da minha cara.

– Maria Rita, que gracinha... Ela tem medo de minhoca!

Fiz cara de desprezo e segui em frente. Ele ia ter motivo para me zoar durante uma semana inteira. Ninguém merece! Pois é, dona Mari, agora como não dizer para si mesma um bom "Não se irrita, Maria Rita"? Tinham sido três dias! Três dias pagando um mico atrás do outro! Cheguei em casa com tanta raiva do episódio e da minha vida de desastres que meu pai nem me forçou a comer alface. Acho que ele vai demorar um bom tempo para pedir que eu compre algo que não esteja devidamente lacrado, empacotado ou em latinhas.

Depois do almoço, precisei voltar ao CEM para pegar um livro na biblioteca. E quem eu encontro lá? O Lucas. A minha vontade era fingir que nem tinha visto, mas ele olhou pra mim e deu um sorriso tão lindo que não tive como resistir.

– Oi! O que aconteceu que não veio para a aula hoje?

– A minha avó passou mal durante a noite e fiquei a madrugada toda no hospital. Agora está tudo bem, mas como não dormi nada não consegui vir para a aula. Perdi muita coisa?

– Eu te empresto os meus cadernos. Só vim pegar esse livro para o trabalho de história. Já estou indo embora.

– Eu também. Já que vamos para o mesmo lado, podemos ir juntos, o que acha?

Ele estava lindo, de camiseta branca com detalhes verdes que realçavam seus olhos. Era muito difícil me controlar para não encará-lo. Na banca de jornal na esquina da minha rua, em destaque, tinha uma dessas revistas femininas com a seguinte chamada: "Homens e mulheres podem ser amigos sem segundas intenções?" Já que eu tinha fama de louca, resolvi usar isso a meu favor. E já tinha colecionado tantos micos nos últimos dias, que diferença ia fazer mais um na minha coleção?

– O que você acha, Lucas? Homens e mulheres podem ser só amigos?

– Não sei – ele riu. – Acho que sim.

– Sempre ouvi ou li na internet esses comentários. Que os homens têm segundas intenções quando ficam amigos das mulheres. Ou que só se tornam amigos das feias. Acho isso preconceituoso.

– Verdade – ele concordou. – Amizade é outra coisa. Tenho amigas desde pequeno, que cresceram comigo no condomínio.

– Eu também. E por falar em amizade, que bom que esse ano ficamos mais próximos.

– Legal, né? Graças à festa da Giovana.

– Apesar de achar meio cafona esse negócio de valsa, curti muito que você foi o meu par. E a nossa ida ao cinema.

– Eu também curti muito! – ele deu um sorriso meio tímido.

– Posso fazer uma pergunta indiscreta? – O Lucas concordou com a cabeça, apesar de eu sentir um pouco de medo nele. – A Giovana me contou que foi você que sugeriu me convidar para a festa. Geralmente os garotos querem dançar com as meninas que eles pensam em ficar... Você tem várias amigas, por que me escolheu?

– Eu tenho várias amigas e isso não significa que eu queira ficar com todas. Sugeri você porque te acho especial...

– Sério?! Você pensou em ficar comigo?

Não sei como eu consegui falar aquilo! Ele não respondeu, só me olhou. Mas aquele olhar era como se ele estivesse pensando: *Poxa, ga-*

rota, *você descobriu o meu segredo*. Foram os trinta segundos mais longos da minha vida. E os mais intensos também. A gente ficou se olhando e, para minha alegria, notei um brilho diferente nos olhos dele. Ele pegou delicadamente uma mecha do meu cabelo. Eu me aproximei bem devagar, fiquei na ponta dos pés e o beijei. Sim, eu tomei a iniciativa! Na verdade foi um leve toque de lábios. Quando me afastei, ele continuou me olhando nos olhos, quase que hipnotizado.

– Claro que eu já tinha pensado nisso, Mari – finalmente respondeu, com um sorriso. Dessa vez ele se aproximou e tocou meu rosto com uma das mãos. E me deu o beijo mais lindo da minha vida!

Até que tomar a iniciativa não doeu tanto. Corri o risco de levar um fora, claro. Existe sempre aquela velha história de que as mulheres não podem tomar a iniciativa, mas no máximo dar indiretas para que os homens tomem uma atitude. Não vou mentir dizendo que eu não acreditava nisso também. Quando contei para as MAIS, elas ficaram doidas! A Susana então, cupido via torpedo, quase teve um treco.

A partir desse dia, eu e o Lucas começamos a ficar, e eu nunca conseguia descobrir se a gente estava namorando ou não. Até que um dia encontramos uns amigos dele do clube e ele me apresentou como sua namorada. Jeito estranho de saber que está namorando, né? Mas mesmo assim fiquei toda feliz!

O mais legal disso tudo foi que depois ele me disse que justamente o meu jeito maluquete de ser tinha chamado a atenção dele. Que ele me achava divertida e verdadeira, enquanto a maioria das garotas fingia ser uma coisa que não era. Quando eu poderia imaginar que um dia ia agradecer por ser uma pagadora de micos profissional?

Ah, sim! Tia Elvira, você pode me desculpar por ter duvidado da sua teoria?

5
O primeiro almoço na casa do namorado

Três semanas de namoro. Já era a terceira blusa que eu colocava. Queria perguntar para a minha mãe, mas pra variar ela estava ocupada resolvendo assuntos de trabalho. Olhei para o espelho mais uma vez e corri para o quarto do meu irmão, mesmo sabendo que a opinião dele não ia resolver nada. Afinal, o que um especialista na vida dos insetos entende de moda? Bom, pelo menos ele entende de conquistas amorosas e poderia me dar umas dicas.

– E essa? – perguntei, com um olhar de súplica tão intenso que o Alex caiu na gargalhada.

– Tá ótima, tá linda! Não entendo tanta insegurança.

– Poxa, é a primeira vez que eu vou na casa do Lucas. Tenho que fazer bonito. Achei meio precipitado esse almoço, mas não teve santo que tirasse a ideia da cabeça dele.

– Calma! Você não vai pedir a mão dele em casamento. Ainda – ele caiu na risada. – Você está perfeita, confia em mim. Sabe o que podia ser legal? Levar um presentinho.

– Presentinho?! – perguntei completamente confusa. – Para o Lucas?

– Não, sua boba. Para a mãe dele, a dona da casa. Já sei, flores!

– Isso é muito caro, maninho! A minha mesada não dá para isso não.

– Compra um vasinho de violetas. Eles colocam numa embalagem superbonita e não é caro.

– Tá bom, me convenceu. No caminho eu compro. Preciso ir, estou atrasada de tanto trocar de roupa.

– Tchau, boa sorte!

Eu já tinha acompanhado o Lucas várias vezes até a porta do prédio, mas nunca tive coragem de subir. Depois de muita insistência, finalmente cedi e aceitei almoçar na casa dele. Não sabia muito bem o porquê de tanto medo. Afinal de contas, eu era uma mulher ou uma ratazana? Até segunda ordem era uma mulher, então resolvi pôr um ponto-final no drama do medo da sogra.

Como o Alex sugeriu, fui até a floricultura que ficava a uma quadra do meu destino. Não tinha violetas, então o dono da loja sugeriu margaridas e fez um arranjo bem bonito.

Ao chegar à casa do Lucas, fui recebida pelo próprio. Seus olhos brilharam ao me ver.

– Mãe, a Mari chegou!

– Ah, finalmente a famosa Mari na nossa casa – brincou a mãe dele.

– Mari, essa é a minha mãe, Noely.

– Prazer, dona Noely. Trouxe um presentinho para a senhora – eu disse sorridente ao entregar o vaso de margaridas.

– Nossa, que lindo! Muito obrigada, minha querida. Venha, sente-se aqui. Já estou quase terminando o almoço. Logo você vai conhecer o Gérson, meu outro filho, e o Alberto, meu marido. Você gosta de estrogonofe?

– Claro! E quem não gosta?

Tive que contar uma mentirinha básica, porque a verdade é que o-d-e-i-o estrogonofe. Não consigo ver graça numa comida toda pastosa como aquela. E o tal do champignon? Não tem gosto de nada, qual é a utilidade? Se fosse a única opção do almoço, eu ia morrer de fome.

Depois de quinze minutos chegou o Gérson, o "cunhado". Quatro anos mais novo que o Lucas, tinha cara de poucos amigos e me mediu dos pés à cabeça.

— Mãe — gritou o Gérson lá da sala —, falta muito pro almoço ficar pronto? Tô com fome!

— Gérson, meu filho, tenha paciência — ela veio correndo da cozinha, com um sorriso meio amarelo. — Já está quase pronto.

— Ai, que saco! Detesto esperar!

— Gérson! — ela interrompeu, visivelmente constrangida com a falta de educação do filho na frente da visita. — Vai chamar seu pai na garagem, vai — e o empurrou pela porta.

— Mari, querida, desculpe o Gérson. Ele está numa idade meio impossível. Meu marido resolveu polir o carro justo hoje. Homens e sua paixão por carros.

Apenas sorri.

Passados mais cinco minutos, o Gérson chegou com o pai, ou seja, meu "sogro". Ele tinha uma lata e um pano na mão, que devia ter usado para polir o carro. Jogou tudo em cima da estante e bateu justamente no vasinho de margaridas que eu tinha levado. Adivinha? O vaso foi ao chão, espalhando terra pelo tapete. A pobrezinha da dona Noely não sabia onde enfiar a cara. Pediu mil desculpas e imediatamente começou a varrer a terra.

Quando finalmente fomos para a mesa, o meu pesadelo se concretizou. A única opção era realmente o estrogonofe. Peguei só um pouquinho para disfarçar. Sorrindo como se nada estivesse acontecendo, dava uma garfada, prendia a respiração, mastigava rapidamente, engolia, tomava um gole de refrigerante e então voltava a respirar. Acabei a porção agradecendo a todos os deuses que conhecia.

— Já acabou, Mari? — perguntou dona Noely com cara de espanto.

— Ah, sim! Estava uma delícia — menti.

— Então coma mais!

Nem tive tempo de responder. Só ouvi o *ploft* de mais uma horripilante porção de estrogonofe sendo lançada no meu prato, generosamente servida pela dona Noely. E mais uma vez a sessão tortura: prende a respiração, garfada, mastiga, engole, refrigerante, solta a respiração.

Só mesmo o Lucas, o garoto dos meus sonhos, justificaria tamanho sacrifício. Gastei dinheiro numa margarida que não durou nem meia hora e ainda tive que comer e repetir o prato que mais detesto na face da terra!

Depois do fatídico almoço, conversei um pouco com os pais do Lucas. Não demorei muito, pois precisava terminar o trabalho de história para o dia seguinte. Peguei o elevador suspirando, aliviada. *Ainda bem que acabou*, pensei.

Será?

Dois dias depois, ao passarmos pela portaria, eis que surge dona Noely e literalmente me arrasta para o apartamento.

– Fiz um bolo maravilhoso. Você tem que provar!

Mal sentei e ela cortou um pedaço generoso.

– Coma, está uma delícia! Bolo de fubá com erva-doce. Receita secreta de família.

Adivinha só? Bolo de fubá eu até como, mas qual é a utilidade da erva-doce? Odeeeeio! Prende a respiração, garfada, mastiga, engole, refrigerante, solta a respiração.

Definitivamente, a parte da comida estava complicada. Talvez eu seja meio fresca. Mas percebi uma coisa muito fofa nas últimas vezes que fui até a casa do Lucas. É a primeira vez que tenho uma sogra. E eu sempre ouvi histórias e piadas falando mal das sogras, dizendo que são umas bruxas, umas megeras. Acho que tive sorte! A dona Noely me trata com o maior carinho e atenção. A casa deles vive cheia de parentes e visitas, e ela recebe todo mundo bem, toda feliz com os quitutes dela. O Gérson não me deu muita bola no início, mas depois percebi que era ciúme do irmão. O pai dele é meio calado, talvez o Lucas tenha puxado isso dele.

Estou adorando tudo isso! Conhecendo uma família diferente da minha!

6
A imperadora de Roma

O mês de março passou voando e chegamos ao dia 25, sexta-feira. Era aniversário da Susana, a última do grupo a fazer 14 anos. A mais nova e também a mais alta. Eu, a Aninha e a Ingrid fizemos uma vaquinha com o resto da nossa classe para comprar uma torta de chocolate e cantar parabéns na hora do intervalo.

A Susana não quis festa de aniversário, pois vai fazer uma megafesta quando completar 15 anos, com direito a banda e tudo o mais. De nós quatro, ela é a que tem melhor condição financeira. A mãe é farmacêutica, abriu uma grande farmácia de manipulação aqui no bairro e outra em Copacabana. E o pai é piloto de avião, deve ganhar muito bem.

A Susana é muito querida pelo pessoal da escola. Melhor jogadora do time de vôlei do CEM, deixa todo mundo eufórico em dia de campeonato, fazendo um montão de pontos. A gente teve que pedir autorização para a coordenadora, a Eulália, para comemorar o aniversário da nossa amiga. Senão, de festa surpresa, ia virar festa desagradável. E a Susana precisava mais do que ninguém de uma festinha para se animar.

O Stewart, o americano varapau que veio fazer intercâmbio, tinha voltado para os Estados Unidos. A Ingrid, como é baixinha, adora chamar todo mundo que é mais alto que ela de "varapau", e acabei pegando essa mania. Como a Susana chorou quando ele foi embora! Disse que ia ficar encalhada para sempre, já que todos os garotos da turma eram baixinhos, e que não gostava de nenhum deles.

Perto do colégio tem uma doceria que é tudo de bom! Tem cada torta deliciosa, uma mais maravilhosa que a outra. Sempre que alguém faz aniversário em casa, encomendamos o bolo lá. Fizemos uma investigação básica e descobrimos que a torta favorita da Susana é a de chocolate com doce de leite. Hummm...

– Trouxe os pratinhos e garfinhos. Ah, e uma espátula para cortar a torta – a Aninha falou, tirando tudo da mochila.

– A que horas ficaram de entregar, Mari? – a Ingrid perguntou, toda aflita.

– Pedi para entregarem às 9h30 em ponto. Vão trazer o refrigerante e copos descartáveis também.

– Eu trouxe a vela e o fósforo para acender – dessa vez foi o meu namorado lindo quem falou.

– Bom, acho que está tudo certo, né? Beleza! Reservem um espaço na barriga que falta pouco – encerrei o assunto já com água na boca.

Quando bateu o sinal para o intervalo, não sei o que deu na doida da Susana que ela saiu correndo para o pátio.

– Estou morrendo de fome! Ficar velha me deu fome!

Assim, a lombriga dela nos ajudou a arrumar melhor a sala. Fui correndo buscar a torta na portaria e o Lucas foi me ajudar, carregando o restante das coisas.

Levei a torta para a sala e abri a caixa em cima da mesa dos professores. Ela estava envolta em um papel de embrulho vermelho, que achei bonito e deixei forrando a mesa, para evitar muita sujeira para a aula seguinte. O Lucas me entregou a vela, os fósforos e ficou encarregado de arrastar a Susana de volta para a sala.

– Pode acender a vela, Mari! O Lucas já está vindo com a Susana!

Mais que depressa, abri a caixa, peguei um fósforo e risquei com tanta força que quebrei o palito ao meio. Peguei outro, risquei e acendi a vela.

O pessoal fez a maior farra, batendo palmas e assobiando, quando ela entrou.

– Aeeeeeeeeee! Uhuuuu! Susana! Susana! Susana!

– Mari, olha! O papel está pegando fogo!

Nossa, que susto! Corri tanto para acender a vela que não devo ter apagado o fósforo direito e provavelmente o joguei ainda aceso em cima da mesa. Como virei de costas para ver a Susana entrando, nem percebi que tinha feito isso. Fiquei com cara de abobalhada olhando para o fogo, sem saber o que fazer. Até que o Caíque pegou um copo de refrigerante e jogou sobre as chamas.

Eu não acreditava! Já era a segunda vez que eu me envolvia num acidente com fogo no mesmo ano. Lembra da festa da Giovana? Será que existia algo de sobrenatural nisso tudo?

Fiquei morrendo de vergonha. Quase botei fogo na escola! Já pensou a manchete do jornal do dia seguinte? "Estudante incendeia colégio na comemoração do aniversário da amiga." Ou quem sabe: "Estudante revoltada põe fogo no colégio". Ou ainda: "Aniversário macabro incendeia o CEM". Era só o que me faltava, além de ser conhecida como uma desastrada, ainda ficar com fama de incendiária...

Depois dos parabéns, a Susana veio me consolar.

– Ai, amiga, relaxa. Deu tudo certo.

– Poxa, Susana. Eu sei que sou a rainha do mico, mas incendiária já é demais.

– Já passou! Pronto! Toma... come esse pedaço que cortei especialmente para você.

– Obrigada – fiz bico. – Desculpa mesmo.

Depois disso, nem quis chegar perto da mesa de novo. As meninas limparam tudo e deixaram um pedaço de torta para o professor Jonas não reclamar tanto da bagunça.

– Opa! Festinha, é? – ele entrou na sala e sorriu de orelha a orelha quando viu o generoso pedaço de torta. – Nossa, que cheiro de queimado!

O pessoal começou a rir enlouquecidamente. A nojentinha da Simone até chorou de tanto rir. E tão nojentinha quanto foi a pergunta que ela fez para me provocar.

– Professor, foi Nero quem botou fogo em Roma, não foi?

Mais risadas. Gargalhadas, na verdade. No fim das contas, tive que rir também.

7
Pergunta de criança

No dia seguinte, não satisfeita em ter comido a torta de aniversário da Susana, banquei a gulosa justamente na casa do Lucas. Contrariando todas as regras culinárias da sogra, ela tinha feito um bolo de chocolate delicioso. Percebi que, desde que comecei a namorar, estou comendo muito. Preciso controlar minha boca! Não quero voltar a ser aquela garota gorducha dos meus 9 anos. Bom, mas eu estava me fartando com mais uma generosa fatia de bolo quando tocaram a campainha. Era a tia do Lucas com a criança mais fofa que eu já tinha visto.

– Mari, essa é a minha priminha, a Larissa – o Lucas falou todo orgulhoso, enchendo a menina de beijos.

– Oi, tudo bem? Quantos anos você tem?

– Cinco. E você, tem quantos anos?

– Eu? Tenho 14.

– Humm, você tá velha!

Eu e o Lucas caímos na risada. Nunca pensei que ia ser chamada de velha tão cedo.

Ela sentou rapidamente no sofá, com toda a desenvoltura do mundo se apossou do controle remoto da televisão e sintonizou no canal de desenhos animados. Achei engraçado. Não tem muito tempo que aprendi a usar o controle remoto lá de casa. Juro que não foi por lerdeza, mas pelo simples fato de não conseguir chegar perto dele. Até porque o Alex tomava conta do controle como se fosse um tesouro precioso. Ele ficava lá horas e horas, vendo todos os programas sobre a vida dos animais. E ai de mim se pedisse para colocar na MTV!

Voltei para o meu bolo de chocolate enquanto a mãe do Lucas conversava animadamente com a irmã. Até que decidiram ir ao supermercado, que fica logo na esquina.

– Lucas, meu filho, toma conta da sua prima. Não vamos demorar mais do que quinze minutos.

Querendo fazer amizade com a menina, sentei ao lado dela no sofá. Mas não tive muito sucesso na primeira tentativa. Ela estava prestando muita atenção na vida dos insetos que viviam no quintal de uma casa. Fiquei quietinha. Lembrei que detestava que me interrompessem quando estava vendo desenho.

– Amor, você fica com a Larissa cinco minutinhos? Vou tomar um banho rápido pra gente sair.

Concordei. Cinco minutinhos como babá não iam me atrapalhar em nada. E também não conseguia resistir aos pedidos do Lucas, principalmente quando ele começava a frase com "amor". Eu sou uma namorada bobona, reconheço.

Passou o primeiro minuto e o desenho dos insetos acabou. Nos comerciais, a Larissa se virou para mim e começou a falar com aquela voz de criança esperta.

– Ô, Mari... Por que os pássaros voam e a gente não?

– É... porque eles têm asas e a gente não tem.

– A avó da minha amiga da escola morreu. Para onde as pessoas vão quando morrem?

– Elas vão para o céu.

– Mas se a gente não tem asas, como vai para o céu?

Fiquei pasma com a garotinha, sem saber o que dizer. Mas ela nem esperou muito por uma resposta e já veio com outra pergunta logo em seguida.

– Por que o corredor tem esse nome se toda vez que eu vou correr nele minha mãe briga comigo?

– Xi, Larissa, agora você me pegou. Acho que é para você não se machucar, né?

– Por que a corda é grande e o cordão que a gente usa no pescoço é pequeno? Por que gente grande sai todo dia para trabalhar? Por que menino faz xixi em pé e menina faz xixi sentada? Por que comer feijão é bom pra gente crescer? Por que o céu é azul e não amarelo?

Eu já estava tonta com tantos por quês! Será que nessa idade eu também perguntava um monte de coisas desse jeito? Meus pais sempre comentam que eu adorava fazer peças de teatro. Obrigava todo mundo a sentar no sofá, colocava uma roupa bem doida e falava coisas sem sentido. E ai de quem não batesse palmas no final! O rei dos por quês lá de casa sempre foi o meu irmão. E eu, a rainha da comédia.

Cadê o meu namorado que não sai desse banho? Resolvi então virar o jogo.

– Larissa, agora quem vai perguntar sou eu. Você gosta do seu primo Lucas?

– Gosto! – ela bateu palminhas.

– Por que você gosta dele?

– Porque ele é lindo, cheiroso, conta um monte de histórias pra mim e me liga sempre para dizer que está com saudades.

Caramba, a menina me deu uma rasteira! Se me fizessem a mesma pergunta sobre o Lucas, acho que eu não responderia tão bem e tão rápido. Aliviada, ouvi um barulho de chave na porta. Minha ilustre sogra tinha voltado com a mãe da Larissa. Ufa!

– Oi, minha queridinha! Você ficou bem enquanto a mamãe foi fazer compras?

– Fiquei, mamãe! Fiquei conversando com a Mari.

Engraçada a noção que ela tinha de conversa. Fui bombardeada de perguntas e quase não consegui responder nada. Que vergonha. Fiquei intimidada por uma criança de 5 anos. Que mico! Finalmente o Lucas saiu do banho.

– Desculpa a demora, Mari. Vamos?

As MAIS

Dei um beijo de despedida na Larissa e fomos ao cinema. No caminho, o Lucas começou a contar como tinha sido o campeonato de basquete de que tinha participado no dia anterior. Eu olhava para ele e via como a Larissa tinha razão: ele é lindo, cheiroso, me conta um monte de histórias e me liga sempre para dizer que está com saudades!

8

Vai uma maionese aí?

O fim de semana passou tranquilo. Aproveitei a folga, já que na semana seguinte começariam as provas. Reservei a segunda e a terça para revisar as matérias mais difíceis. Decidi mudar minha forma de estudar. No ano passado, deixava para fazer tudo na véspera da prova e ficava completamente louca. Por mais que ainda sobre alguma coisa para estudar no fim de semana, vai ser mais fácil. Pelo menos espero.

Quarta-feira, aula da professora Aline. Ela é uma das melhores professoras do colégio, mas naquele dia não deu para prestar muita atenção na aula.

Primeiro porque lançaram a candidatura à presidência do grêmio, e a Aninha estava eufórica. Parecia até que tinha formiga na cadeira dela, que não parava quieta um segundo. Ela queria se candidatar e só falava nisso!

O outro motivo é que a Janaína apareceu com o cabelo vermelho. Ela tem o cabelo bem curtinho e todo desfiado. Vamos combinar que essa cor é muito bonita, mas não para todo mundo. Ainda mais quando se tem 14 anos. Tudo bem, nada contra, vamos deixar o preconceito de lado. Mas na Janaína ficou muito estranho. Mesmo.

Eu estava com a mão coçando. Já que não podia tocar no assunto durante a aula, e não ia aguentar esperar até a hora do intervalo, comecei o "correio da fofoca". Arranquei uma folha do caderno e cada uma das MAIS escrevia embaixo do comentário da outra.

Mari: Gente, a Janaína está parecendo uma cabeça de fósforo com esse cabelo, hein?
Ingrid: Ai, Mari! Tadinha!
Aninha: Ingrid sempre defendendo o povo!
Susana: Eu tomei um susto quando ela entrou na sala.
Mari: Como os pais deixaram que ela saísse de casa desse jeito?
Ingrid: Eu achei que ficou legal, diferente.
Aninha: Eu achei horrível!
Susana: Ela está parecendo um picolé de goiaba.

Comecei a rir histericamente. Não conseguia me controlar. De onde a Susana tirou uma ideia dessas? Baixei a cabeça para disfarçar, mas eu ria tanto que comecei a chorar.

– Mari, está tudo bem aí?

Levei um susto tão grande com a voz da professora que engoli o riso numa fração de segundo e fiz a maior cara de santa.

– Sim, professora, tudo na mais perfeita tranquilidade.

– Vamos parar com essa conversinha paralela, hein, meninas?

– Conversinha? Não, professora, estamos mudinhas da silva.

Escondi o papel no meio do caderno. Respirei fundo até o acesso de riso parar e retomei o assunto.

Mari: Susana, quer me matar de rir?
Susana: Eu? Você é que tem o riso frouxo!
Ingrid: Meninas, parem com isso! A professora já está de olho.

> **Aninha:** *Larga de ser medrosa, Ingrid!*
> **Mari:** *Ela está parecendo um panda vermelho.*
> **Susana:** *Panda vermelho?? Isso existe??*
> **Ingrid:** *Hahahahahahahaha!*
> **Aninha:** *Com aquele tamanho de nariz, está mais para papagaio.*
> **Mari:** *Papagaio? Só vi verde até hoje.*
> **Susana:** *Tem com cabeça vermelha sim. Nunca foi ao zoológico, não? Aff!*
> **Ingrid:** *Ai, tá bom, eu me rendo! Parece a carapuça do saci--pererê.*
> **Aninha:** *Ahhhhhhhhhh! Saci-pererê!*

Outro acesso de riso. Dessa vez realmente não consegui me controlar. Imaginei a Janaína de cachimbo na boca, pulando numa perna só. A professora olhou justamente quando eu estava com o papel na mão, lendo o "correio da fofoca".

– Mari, me dá esse papel. Agora!

– Papel... que papel?

– Esse aí na sua mão.

As meninas ficaram apavoradas. A Ingrid, tão baixinha, parecia ter ficado menor ainda. A Aninha começou a esfregar o nariz de nervoso, já temendo por sua candidatura ao grêmio, e a Susana cobriu o rosto com a mão. A professora atravessou a sala na minha direção. Trinta pares de olhos grudados em mim. Não teve jeito, era a única solução. *GLUP!*

Sim, eu comi o papel, com a tinta com cheiro de fruta da Aninha e tudo. Engoli o papel a seco, meus olhos chegaram até a lacrimejar. A sala toda começou a rir da minha cara – coisa normal, diga-se de passagem. O Lucas riu tanto que teve um ataque de tosse. Até mesmo a professora Aline, que não esperava por aquela reação, riu tanto que embaçou os óculos. Passados uns cinco minutos e quando todos se acalmaram, pensei que ela fosse me mandar direto para a coordenação. Já estava até vendo a cara do meu pai vindo me buscar todo enfezado, dizendo que isso não era modo de uma mocinha se comportar.

– Maria Rita, você sabe que merece uma advertência por ter tumultuado a minha aula, não sabe?

– Sei sim, professora. Peço desculpas – peguei a minha mochila e já ia me encaminhando para a sala da coordenadora.

– Aonde você pensa que vai?

– Ué... para a coordenação. Devo aguardar o inspetor?

– Olha, o certo era fazer isso mesmo. Mas semana que vem começam as primeiras provas bimestrais e, apesar de você merecer, não vou te mandar para a coordenação.

– Não? – perguntei com os olhos arregalados.

– Não. Você vai elaborar uma dissertação para a próxima aula com no mínimo quatro páginas. Vou avaliar gramática, concordância e estrutura. Você vai escrever sobre como uma alimentação saudável pode contribuir para a qualidade de vida. Vale lembrar que papel não faz parte do cardápio.

Risada geral.

– Mais alguém quer fazer o trabalho? – a Aline perguntou, olhando para todo mundo.

Silêncio geral.

O sinal tocou, avisando que era hora do intervalo. Ai, que lástima! A próxima aula era na sexta-feira, ou seja, eu tinha apenas dois dias para escrever a redação. Mas era melhor que levar advertência.

Na cantina, o engraçadinho do Douglas me entregou um sachê de maionese.

– O que é isso, Douglas?

– É para o papel descer melhor da próxima vez.

Eu mereço!

9
As melhores amigas são as minhas!

Tirei 4 na prova de matemática. Estudei tanto, não consigo entender o que me deu na hora. Eu olhava para o papel e parecia que estava tudo escrito em grego. Estudei a semana inteira, refiz os exercícios várias vezes, até o Lucas estudou comigo. O que foi que deu errado?

Eu, que sempre faço piada de tudo e de todos, não conseguia sequer sorrir. Pela primeira vez em muito tempo, fiquei completamente arrasada. Cheguei em casa e encontrei um bilhetinho do meu pai: "Fui até a editora para uma reunião e devo chegar tarde. Tem comida no forno. Beijos".

Aproveitei que estava sozinha e comecei a chorar. Eu tinha segurado o choro a manhã inteira. Já tinha tirado nota baixa antes, mas porque não sabia a matéria. Dessa vez eu tinha estudado.

Tirei o uniforme e coloquei shorts e camiseta, pois fazia muito calor. Estava enjoada, não queria nem pensar em comer. Meu nariz começou a entupir, e eu procurava um comprimido para dor de cabeça quando o telefone tocou.

– Oi, Aninha.

– Mari? Que voz é essa?

– Não sei...

– Você está chorando?

– Chorando? Não...
– Está sim! É por causa da prova de matemática?
– Nãoooo, imagina... Só dor de cabeça.
– Então tudo bem, depois a gente se fala. Melhoras!

Dei graças a Deus que a Aninha desligou o telefone logo. Não queria falar com ninguém. Fui ao banheiro e meu reflexo no espelho estava horrível. Ainda bem que não ia mais ver o Lucas naquele dia, só no dia seguinte no colégio.

Voltei para o quarto e me deitei na cama. Fiquei um tempinho esperando a dor de cabeça passar quando a campainha tocou. Levantei me arrastando e fui ver quem era. Devia ser o porteiro com alguma correspondência para o meu pai.

– Surpresaaaaaaaa! – a Aninha, a Ingrid e a Susana gritaram em coro.
– Meninas! O que fazem por aqui?
– O que fazemos? – perguntou a Aninha, já me empurrando para o lado para as outras passarem. – Viemos te alegrar!
– Isso! – a Ingrid apertou as minhas bochechas. – Nada de ficar tristinha por causa de uma prova.
– Mas... como vocês sabiam? – perguntei espantada.
– A Aninha não te ligou? – foi a vez de a Susana falar. – Ela percebeu logo que você não estava bem e convocou a gente para te animar.
– Ah, meninas, não precisava...
– Precisava sim, senhora! – a Ingrid foi me empurrando em direção ao quarto. – Afinal de contas, você é a mais alegre de todas nós e temos que levantar o seu astral.

No começo fiquei meio chateada com a invasão. Eu estava com a cara inchada e o nariz vermelho de tanto chorar. Mas logo fui melhorando. A Aninha levou um livro de piadas que contava imitando as vozes das personagens. A Susana levou uns óleos aromáticos e fez massagem nos meus pés. A Ingrid fez brigadeiro e levou um potão com quatro colheres para o quarto.

No fim da tarde, a gente não sabia se a dor de barriga era por causa da quantidade de brigadeiro ou se era de tanto rir. Dessa vez eu chorava, mas era de gargalhar.

– Ah, meninas! O que seria de mim sem vocês?

– A tarde foi muito legal, não foi? – a Ingrid perguntou enquanto lambia mais uma colher de brigadeiro.

– Foi muito divertida! – a Aninha se jogou por cima das almofadas.

– A gente devia fazer isso mais vezes – a Susana reclamou.

– Fazer o que mais vezes? Tirar 4 em matemática?

– Claro que não, Mari! Ah, não vai estragar tudo lembrando disso agora – a Aninha me deu um tapinha no bumbum.

– Não, não vou estragar todo o esforço de vocês. Já estou melhor. Sobre a prova, não tem muito jeito a não ser estudar para a próxima.

Ficamos conversando até umas seis horas e depois elas seguiram cada uma para sua casa. Quando estava fechando a porta, o telefone tocou. Era o Lucas.

– Oi, Mari! Tá melhor?

– Tô sim. As meninas vieram aqui e me animaram.

– Que bom! Não gosto de te ver triste.

– Que namorado lindo eu tenho...

– É... eu sei!

– Convencido...

– Aluguei um filme que acho que você vai adorar. Sei que não estava combinado de a gente se ver hoje, mas posso passar aí mais tarde pra gente assistir.

– Oba, perfeito! Eu faço a pipoca.

Eu podia tirar sempre nota baixa para ser paparicada desse jeito. Calma, estou brincando...

Bom, aprendi que na vida nem sempre tudo é tão divertido. Tem horas que a gente fica triste. O motivo pode ser sério ou até bobo. Mas, se estivermos rodeadas de pessoas que gostam da gente, tudo fica mais fácil. O melhor namorado é o meu! As melhores amigas são as minhas!

Parte 2

Decida-se, Ana Paula!

10
Oi! Eu sou a Aninha, a A das MAIS!

Todo mundo me chama de intelectual, alguns até de nerd. Não é bem assim, o pessoal meio que exagera. É que eu adoro ler! Sou frequentadora assídua da biblioteca do CEM e, como a minha mesada anda meio curta, aproveito para pegar livros emprestados por lá. Eu viajo nas histórias, fico imaginando os cenários, os personagens e fico aflita enquanto não termino de ler. Gosto muito dos clássicos, como *Romeu e Julieta*. Ah, outra coisa: sou viciada em cheiro de livro novo. Hummm, adoro!

Meu gosto pela literatura virou paixão quando li *O mistério da fábrica de livros*, do Pedro Bandeira. Ele fala, ao mesmo tempo, do primeiro amor de uma garota e de como se produz um livro. Eu tinha 9 anos quando a professora indicou esse título em sala de aula, porque a gente ia visitar uma gráfica. Aí não teve jeito! Depois daquela visita, a paixão virou amor eterno.

Outra coisa para o pessoal pegar no meu pé é que eu como muito e não engordo. Sou gulosa assumida! Não adianta, posso comer o fim de semana inteiro e na segunda-feira estou igualzinha. Aquela famosa expressão, "magra de ruim", se aplica perfeitamente a mim. As meninas morrem de raiva, mas o que eu posso fazer? Então, aproveitando essa dádiva de Deus, quando não estou usando o uniforme do colégio, estou sempre de calça jeans de cintura baixa e blusinha colorida. A família do meu pai é de Santa Catarina, e foi dele que puxei os cabelos loiros e os olhos azuis, por causa da ascendência alemã. Mas de alemão mesmo eu não falo uma só palavra.

Sou filha única, e acho que foi isso que me estimulou a gostar de livros. Eles foram meus grandes amigos e companheiros na infância, já que eu ficava muito tempo sozinha. Com a maioria dos parentes morando em Blumenau e meus pais trabalhando fora, desde cedo aprendi a me virar. Meu pai é administrador de empresas e minha mãe trabalha como secretária. Depois que ficou viúva, minha avó veio morar com a gente, há dois anos.

Daqui a alguns dias vou fazer 15 anos. Minha cabeça está a mil! Mas, infelizmente, ainda não sei se vou ter festa. Meu pai ficou desempregado por vários meses e só agora conseguiu emprego. E ainda por cima briguei com meu namorado. Que coisa chata terminar um namoro pouco antes do aniversário. Acho que vou pedir umas indicações de incensos de limpeza astral para a Ingrid, para ver se a minha sorte melhora!

Hora do intervalo. Hora de correr para a cantina e garantir aquela coxinha de frango com catupiry bem quentinha. Uma coisa que ninguém entende: por que a dona Zilda, dona da cantina do CEM, insiste em fazer pouquíssimas coxinhas? Todo dia é aquela briga para garantir o lanche mais gostoso do cardápio.

Coxinhas à parte, a hora do intervalo também é ideal para contar as últimas fofocas, dar aquela paquerada básica e ir ao banheiro, afinal ninguém é de ferro.

– Como você consegue, Aninha? – a Mari perguntou dando um longo suspiro, enquanto eu abocanhava a tal coxinha dos sonhos, já tendo, claro, um pacotinho de jujubas reservado para a sobremesa.

– Como eu consigo o quê, Mari?

– Ser tão fria! Olha lá o Guiga. Não para de olhar pra cá, tadinho!

– Tadinha de mim! – respondi bufando e fazendo bico, coisa que sempre faço quando algo me incomoda. – Não tem jeito, a gente não combina mais.

– Ah, mas ele é tão bonitinho... – dessa vez foi a Ingrid quem falou.
– E o melhor: é caidinho por você.
– Eu sei que ele é bonitinho. Mas não dá, por isso pedi um tempo. E estou chegando à conclusão de que esse tempo será eterno.
– Sorte da Amanda, olha lá – a Susana apontou enquanto eu limpava a boca com um guardanapo, muito contrariada com o fim do meu salgado preferido.
– Pois é... Ela não perde tempo mesmo! – a Mari caiu na risada ao ver como a Amanda jogava os cabelos para cima do Guiga.
– Por mim ela pode ficar com ele, não quero mais saber! – encerrei aquele papinho.
– Ai, meu Deus! Você não tem jeito, Ana Paula! – a Susana sempre fala o meu nome todo quando quer me dar bronca. A gente adora implicar uma com a outra.

O Guiga estuda na turma ao lado da nossa. Ele é muito bonitinho mesmo, as meninas estão certas. Moreno, de cabelos cacheados e uns olhos verdes que parecem duas esmeraldas. Tudo começou em um sábado à tarde, quando fui procurar um livro no shopping. Adoro morar praticamente ao lado do shopping, assim posso ficar horas na livraria vendo os últimos lançamentos. A livraria que tem lá é do tipo megastore, enorme, dá para se perder lá dentro.

A surpresa foi que vi o Guiga logo na entrada da livraria segurando justamente o livro que eu queria. Só com isso ele subiu uns dez pontos no meu conceito.

– Oi, Guiga!
– Oi, Aninha! – ele fez cara de surpresa, como se tivesse sido pego em flagrante.
– Esse é um dos meus autores favoritos.
– O meu também, que coincidência. Vai comprar?
– Ainda não, e você?
– Eu vou. Se você quiser, posso te emprestar depois.
– Oba, vou querer sim!

Fui com o Guiga até o caixa da livraria e, como fazia muito calor, fomos tomar um sorvete depois. A Mari costumava brincar: "Ah, Aninha, confessa. Você está babando pelo Guiga". Lembro que literalmente babei sorvete várias vezes, porque ficava distraída com aquele sorriso. Como aquele garoto era perfeito! Tomei um susto quando olhei para o relógio.

– Nossa, não vi a hora passar! Não avisei para a minha mãe que ia demorar tanto assim.

– Eu também não vi o tempo passar – ele falou olhando no fundo dos meus olhos.

Senti que fiquei vermelha. Odeio quando isso acontece. Afinal de contas, eu faço questão de ser mais razão que emoção. Pelo menos tento. Não sei, acho que me sinto mais segura assim... Mas esqueci de avisar esse detalhe para o meu corpo. O Guiga chegou bem perto e segurou o meu rosto com uma das mãos. E me beijou! Um beijo sabor baunilha. Eu só tinha beijado um garoto antes dele. Fiquei algumas vezes com um menino do meu cursinho de inglês, mas acabamos não namorando.

Mas aquele beijo... parecia que era a primeira vez. Posso até ser considerada a intelectual das MAIS, mas acho que a Ingrid não vai ficar com ciúme se eu desenvolver um pouco o meu lado romântico, né? Afinal eu sou uma adolescente, que ainda está aprendendo sobre o amor...

Ficamos juntos algumas vezes e começamos a namorar. Com um mês de namoro, o Guiga começou a me chatear. Sabe aquele grude? Que não larga do pé? Ele queria saber de toda a minha rotina e de toda a minha vida. Nenhum garoto podia comentar no meu perfil da internet que ele logo queria saber quem era. Passou a ir me buscar na saída do cursinho de inglês, com ciúme do meu ex-ficante. No início achei fofo, pensei que era saudade ou um ciuminho inofensivo, mas depois entendi o jogo dele. Comecei a me sentir sufocada, vigiada. Ainda mais depois que resolvi participar da eleição para o grêmio estudantil. Quando eu contei que teria que ir de turma em turma falar sobre os meus planos para o grêmio, ele ficou muito nervoso.

– Você só está fazendo isso para aparecer, Aninha!

– Aparecer? – respondi, revoltada com aquela acusação absurda. – Eu realmente acredito que a minha proposta é muito boa e espero de verdade ganhar.

— Os garotos dizem que vão votar em você porque é bonita.

— Bonita? Nem me acho tão bonita assim. Mas, se esse é o critério deles, paciência. Se isso me fizer ganhar, não fico nem um pouco chateada.

— Incentivar os alunos a frequentar a biblioteca não é uma boa proposta. Poucas pessoas gostam de ler como a gente, Aninha. A maioria nem sabe onde fica.

— Por isso mesmo, Guiga! A biblioteca do nosso colégio é muito boa, tem livros maravilhosos, e as pessoas não sabem disso.

— Desiste desse negócio de eleição, Aninha. Eu fico com ciúme toda vez que você visita as turmas. E se ganhar vai ser pior ainda! Vai ficar toda envolvida com o grêmio e não vai ter tempo para mim.

— Estou muito decepcionada com você, Guiga. Muito mesmo. Acho melhor a gente dar um tempo.

— Dar um tempo? — ele me olhou sem acreditar.

— É, dar um tempo. Assim quem sabe você cai na real e percebe que está errado.

Confesso que, quando eu falei que queria dar um tempo, pensei que logo depois ele viria se desculpar. Mas isso não aconteceu. Quer dizer que eu tenho que desistir de uma coisa que quero tanto porque ele tem ciúme? Quando cheguei em casa depois da briga, me lembrei de um livro da Ana Maria Machado, *Isso ninguém me tira*. Uma das personagens, a Gabi, arruma um emprego de recepcionista e o namorado não gosta. Na história deu tudo certo, diferente de mim. Ah, essa minha mania de comparar a vida com os livros! Quando eu vejo, já estou me colocando no lugar das personagens. Só que o livro é ficção, Ana Paula! Isso aqui é vida real.

Já fazia uma semana que tínhamos brigado. Eu não conseguia entender tanta insegurança. Não tenho muita paciência com esse tipo de atitude. Não é à toa que as MAIS dizem que eu tenho pavio curto.

No fim das aulas, chamei o Guiga num canto e disse que queria terminar definitivamente o namoro. Ele quis argumentar, me convencer do contrário, mas todos os seus esforços foram em vão. Sugeri que fôssemos amigos, mas ele não aceitou.

– Não consigo ser só seu amigo. Se for assim, prefiro que a gente nem se fale mais.

Com essa frase, o Guiga me deixou falando sozinha perto dos portões de saída. E a Amanda, que com certeza tinha escutado escondida toda a conversa, sorriu feliz quando passou por mim. Enfim a tão sonhada oportunidade tinha chegado para ela.

11
A eleição do grêmio

Eu tenho um blog literário! Sou meio viciada em internet, sabe? Aí resolvi juntar os meus dois vícios em um só e escrever resenhas de livros no blog. Comecei no fim do ano passado. Eu só queria falar dos livros de que mais gosto, mas acabei conhecendo um monte de gente legal do Brasil inteiro. Quando criei o blog, não tinha nenhuma pretensão de ficar conhecida, apenas ter um cantinho para falar da minha paixão pelos livros. Mas acabei recebendo comentários de um monte de gente que gostava das coisas que eu falava.

Uma das minhas propostas para o grêmio é estimular os alunos a visitar mais a biblioteca do CEM. Ela é ótima, ampla e conta com muitos títulos, não só de livros, mas de filmes também. A professora Margareth cuida de tudo por lá com muito carinho e me deu o maior apoio.

– Que tal se a gente incentivasse os alunos a ler os autores nacionais, principalmente os que escrevem para adolescentes? – ela sugeriu, toda empolgada.

Além disso, também tenho como meta para o grêmio fazer a versão teatral de textos clássicos famosos, como *Romeu e Julieta*, em parceria com o professor Alfredo, de artes cênicas.

Se não fosse as MAIS me ajudarem com a campanha, nem sei o que seria de mim! Elas distribuíram panfletos, fizeram broches e o tradicional corpo a corpo de cabos eleitorais.

A Ingrid fez panfletos muito legais (cor-de-rosa, claro!) e distribuiu entre as meninas do balé, o pessoal de artes e do teatro. A Mari fez broches lindos com a frase "E viva a cultura!". Com aquele jeito meio maluquete dela, chegava na maior cara de pau e espetava o broche na roupa dos alunos. Até o Lucas, namorado dela, ajudou na distribuição. Ele, que era supertímido, já começou a ser influenciado pelo "jeitinho Mari de ser". A Susana, a atleta mais popular do colégio, também falou com o pessoal nas quadras e nos treinos.

Tenho tanto orgulho das minhas amigas! São as irmãs que eu não tive. Não consigo me imaginar sem elas.

Só uma coisa me preocupa nisso tudo: o Rogério, da 804. Preciso confessar que a proposta dele também é boa. Ele quer fazer ciclos de pales-

Decida-se, Ana Paula!

tras no colégio para nos ajudar a escolher nossa profissão. E sua grande arma é trazer o irmão mais velho, que é ator de TV, para falar sobre essa profissão. Quando ele disse que ia fazer isso, algumas meninas ficaram eufóricas com a possibilidade de chegar perto de um ator famoso.

Foram quinze dias de campanha. Nunca pensei que seria tão cansativo e trabalhoso! Acho que o CEM já sabia disso, tanto que não tivemos trabalhos valendo nota ou provas nessas duas semanas. Seguindo uma ideia das MAIS, já que eu tinha experiência no assunto, fiz um blog especial para a campanha. Ficou muito legal e o pessoal comentou bastante. Mas eu ainda estava preocupada com a concorrência do Rogério.

– Calma, Aninha, vai dar tudo certo. Sua vitória é garantida! – a Mari falou, toda empolgada.

– Vocês viram quem está ajudando o Rogério? A Amanda, acreditam?

– Mas é claro que acreditamos. Vimos com nossos próprios olhos! – a Susana falou um tanto alterada, quase indignada. – Como ela é invejosa! Como se já não bastasse querer roubar seu namorado, ainda apoia a concorrência de propósito.

– É, mas não adiantou nada. Pelo menos por enquanto – dessa vez foi a Ingrid quem falou. – Acho que nenhuma das investidas dela no Guiga deu certo, pois até onde eu sei ele continua solteiro.

– Ai, meninas! Não quero saber de Guiga, Rogério ou Amanda – precisei pegar um chocolate que estava na mochila para me acalmar. – As eleições são amanhã e não tem mais nada que a gente possa fazer.

Preciso dizer que mal consegui dormir na noite anterior? Quando finalmente peguei no sono, o despertador tocou, e precisei me enfiar debaixo do chuveiro frio para liberar o estresse. Que vencesse o melhor.

A votação estava marcada para as dez horas, depois do intervalo. A coordenação do CEM montou um esquema especial para computar os votos dos alunos. Um computador do laboratório de informática tinha um sistema feito especialmente para a votação. Bastava clicar na foto do candidato e pronto.

O resultado seria anunciado ao meio-dia, no pátio principal. Todo mundo foi para lá e meu coração começou a bater acelerado. Minhas mãos estavam geladas, mas eu fazia todo o esforço possível para aparentar tranquilidade.

– Alunos e professores – a Eulália, coordenadora da escola, começou a falar e todo mundo se calou. – Como todos sabem, tivemos quatro candidatos à presidência do grêmio estudantil do CEM. O novo presidente será responsável pelo grêmio durante todo o ano letivo e deverá cumprir as propostas feitas durante a campanha.

– Ai, será que ela vai enrolar muito para revelar quem ganhou? – falei entre os dentes.

– Calma, Aninha – a Ingrid segurou a minha mão gelada.

– Tivemos dois candidatos que disputaram voto a voto – ela retomou o discurso. – A diferença entre eles foi de pouco mais de dez votos, em um universo de cerca de trezentos alunos votantes matriculados entre o sexto e o nono ano. Tenho o prazer de anunciar que a presidência do grêmio estudantil do CEM será ocupada por...

– Ai, meu Deus – eu não conseguia parar de gemer.

– Vai dar certo – a Mari segurou a minha outra mão, fria como gelo.

– ...Ana Paula Nogueira Fontes!

Eu! Eu ganhei! Não pensei que o meu coração pudesse bater mais rápido do que já estava batendo. Todo mundo começou a aplaudir e fui para perto da Eulália. Estava tão eufórica que até achei normal ganhar beijinhos da coordenadora na frente de tantas testemunhas. As meninas estavam superempolgadas, aplaudindo sem parar. A Ingrid, pode acreditar, até chorou. Bem que a coordenadora tentou falar mais alguma coisa, mas o pessoal começou a gritar: "Discurso! Discurso! Discurso!" Ela me passou o microfone. Apesar do medo de aquilo tremer na minha mão gelada e todo mundo perceber como eu estava nervosa, respirei fundo e comecei a falar.

– Oi, pessoal! Muito obrigada pelos votos e pela confiança de que farei um bom trabalho esse ano. Conforme prometido na minha campanha, farei o máximo para que esse seja o ano da cultura no CEM. Vamos reativar o teatro com a ajuda do novo professor de artes cênicas e promover diversos eventos na biblioteca. Conto com a ajuda e as sugestões de vocês durante o ano todo. Mais uma vez obrigada!

Mais aplausos. Eu estava muito feliz. Aos poucos as pessoas começaram a ir embora, e só percebi que estava sem a minha mochila quando a vi no ombro da Susana.

– Viu, senhorita Ana Paula? – a Susana deu a bronca enquanto me devolvia a mochila. – Deu tudo certo! A gente vai te ajudar nessa, fica tranquila.

– Isso mesmo! – a Mari bateu palminhas. – Mesmo eu sendo um tantinho atrapalhada, pode contar comigo. Quem sabe dessa vez eu não tomo jeito?

– Pensar que talvez tenha a encenação de *Romeu e Julieta* no colégio está me deixando empolgadíssima! – a Ingrid fez cara de romântica, colocando a mão no peito.

Começamos a andar em direção à saída quando o Guiga apareceu. Ele olhou para mim de um jeito muito tímido, com as mãos nos bolsos. Na verdade quase nem me olhou, parecia que estava falando com o chão.

– Parabéns, Aninha. Eu sabia que você ia ganhar a eleição.

– Obrigada, Guiga – até tentei falar mais alguma coisa, mas minha voz falhou.

Ele deu um meio sorriso e foi embora. Confesso que não esperava que ele viesse falar comigo, depois que terminamos. E ele tinha deixado bem claro que nem meu amigo queria mais ser.

– Ai, viu que fofo? – a Ingrid pegou no meu braço. – Parecia que ele ia morrer quando falou com você.

– Dá outra chance pra ele, Aninha – a Susana parou bem na minha frente, segurando os meus ombros.

– Meninas, não confundam as coisas. Ele só me cumprimentou.

– *Ele só me cumprimentou...* – a Mari debochou, imitando meu jeito de falar. – Aposto que um telefonema seu resolveria isso rapidinho.

– Ai, meninas... Melhor deixar tudo como está. Agora preciso me concentrar no grêmio e na comemoração do meu aniversário. Ou esqueceram que serei a primeira das MAIS a fazer 15 anos?

Mudei de assunto porque estava muito confusa em relação ao Guiga. Fiquei abalada quando ele veio falar comigo. Além disso, eu tinha uma outra confusão na minha vida, só que um pouquinho mais antiga. Desde que eu me entendia por gente, era apaixonada pelo meu primo Hugo. A minha eterna paixão não correspondida... E eu tinha encontrado com ele no fim de semana, o que só piorou as coisas...

12
E o aniversário está chegando!

Finalmente meus pais concordaram com a minha festa de aniversário! As meninas vibraram com a novidade, ainda mais porque eu ia convidar toda a galera do colégio.

Mas meus pais foram bem claros: nada de festa cara. Topei na hora, óbvio! Como eu falei, meu pai acabou de arrumar um emprego novo. Ele foi contratado como gerente administrativo em uma gráfica. Que feliz coincidência: eu, que gosto tanto do mundo dos livros, ter um pai que trabalha com isso! Estou só esperando ele ficar mais enturmado no novo emprego para fazer uma visitinha e acompanhar de perto a impressão de livros, revistas e jornais.

Ficou combinado que a festa seria na casa do Hugo, meu primo. O pai dele, meu tio Geraldo, é irmão da minha mãe. Ô, pessoa festeira! Tanto que a casa dele tem duas partes: na frente, a casa tradicional de moradia. Nos fundos, uma espécie de casa extra só para festas. O local já estava resolvido, e de graça. Meu tio ainda disse que compraria os refrigerantes. Oba! Eu não me aguentava de tanta felicidade. Comemoração dupla, pelo meu aniversário e pela eleição do grêmio!

O Hugo tem tudo que eu gosto em um garoto: alto, bonito, simpático, alegre, inteligente e dança como ninguém. Por isso, fiz questão que ele fosse meu par na valsa dos 15 anos da Giovana. Quando ela fez o convite, achei essa história de festa de 15 anos uma cafonice! Mas, quando me vi naquele vestido dançando com o Hugo, parecia que ia flutuar. Meu coração batia tão descompassado que agradeci aos céus pela música alta para abafar o *tum-tum-tum*.

– Nossa, priminha, que mão gelada! – o Hugo falou quando me puxou para o salão. – Como diria o meu avô, mão fria, coração quente – ele fez uma careta por causa do ditado antigo. – Quem é o garoto que está fazendo isso? Depois me mostra!

Tive que me segurar para não socar o meu primo ali no meio do salão e dizer em alto e bom som: *Se tem alguém aqui fazendo a minha mão ficar gelada, é você, seu cegueta! Você não enxerga um palmo na frente do seu lindo nariz.*

No dia em que meus pais autorizaram a minha festa, a Susana foi lá em casa buscar um caderno, exatamente no momento das recomendações da minha mãe sobre o local.

– Mãezinha do meu coração! Se você quiser, eu posso falar com o tio Geraldo – sugeri com a maior cara de santa, escondendo as minhas segundas intenções.

– Ah, se o meu irmão concordar em tomar conta de vocês, por mim está mais do que aprovado. Eu não tenho habilidade para coordenar muitos adolescentes de uma vez só! E o Hugo? Notícias dele? Toda vez que eu ligo lá, ele nunca está.

– Então, lembra que ele acabou de entrar na faculdade de engenharia? Começou a trabalhar meio período em uma locadora de vídeo, enquanto não arruma um estágio na área – falei, diminuindo o entusiasmo para não demonstrar tanto interesse.

– Ele está namorando?

– Não sei, mãe, acho que não... – pelo menos segundo o perfil dele na internet. Confesso que sempre dou uma boa fuxicada por lá.

– Aí, Susana, aproveita a chance! Você conhece o Hugo? O maior gato! – minha mãe teve a audácia de oferecer o meu primo para a Susana, acredita?

– Conheço, sim. Mas estou interessada em outro – a Susana tentou encerrar o assunto, pois o meu bico certamente começava a crescer e ela sabia da minha paixonite secreta pelo meu primo.

Eu poderia muito bem ligar para o meu tio para falar sobre a festa, mas preferi ir até lá pessoalmente. Como eu sabia que o Hugo ficava na locadora só na parte da tarde, fui no sábado de manhã. Meu tio Geraldo me recebeu todo entusiasmado.

– Minha sobrinha querida! – me deu um abraço de urso. – O que você faz aqui neste sábado ensolarado?

– Queria te pedir um favor, tio – respondi, procurando disfarçadamente pelo Hugo.

– Pois fale! – ele me puxou para o sofá.

– Então... logo vai ser meu aniversário. Queria saber se posso usar o seu salão de festas para reunir alguns amigos.

– E precisa pedir, Aninha? É só avisar! Essa casa foi construída para isso mesmo. Eu trabalhei bastante para que a minha casa fosse o mais confortável possível para os meus amigos. Adoro casa cheia! E os seus amigos também vão ser muito bem recebidos. Quantos serão?

– Não vai passar de cinquenta pessoas, a maioria do colégio. É só para não deixar os meus 15 anos passarem em branco.

– Ótimo! Os refrigerantes ficam por minha conta. O resto você arruma, certo?

– Claro! O resto deixa comigo.

De repente o Hugo entrou na sala. Tinha acabado de sair do banho e disse bom-dia na maior animação. Eu me levantei do sofá e ele me deu um abraço de urso (puxou isso do meu tio, com certeza!). Ele estava tão lindo e cheiroso! O abraço quase demorou mais do que eu podia suportar sem desmaiar.

– Hugo, a festa de aniversário da sua prima vai ser aqui em casa – meu tio contou a novidade.

– Sério? Que legal! Estou convidado?

– Claro que sim, né? Que pergunta!

– Então eu não admito outro cara dançando a valsa com você. Eu vou dançar, como fizemos naquela festa.

Praticamente desmoronei no sofá. Será que dava tempo de ganhar na loteria para fazer uma festa tradicional de 15 anos, igual à da Giovana, em um salão de festas bem grande, com valsa e tudo, só para o Hugo dançar comigo? Hummm, acho que não...

– Não vai ter valsa, Hugo. Vai ser uma festa simples, mas espero que bastante animada!

– Ah, não tem problema. Danço com você assim mesmo. Qualquer ritmo. Deixa eu me arrumar que entro na locadora mais cedo hoje – ele me deu dois beijos estalados nas bochechas e foi para o quarto.

Isso já faz uma semana. E parece que aqueles beijos ainda estão grudados no meu rosto.

* * *

– Como você vai distribuir os convites, Aninha? – perguntou a Ingrid, empolgada com a ideia de ter o Caíque na festa, me arrancando das minhas lembranças. Ela tinha ido me ajudar com a lista de convidados.

No ano passado, a Ingrid e a Mari eram meio a fim dele ao mesmo tempo. Mas, como a Mari começou a namorar o Lucas, a Ingrid assumiu de vez a paixonite pelo Caíque.

– Da maneira mais barata e prática: pela internet! Como não vou poder convidar todo mundo, preferi não divulgar no meu perfil. Senão fica chato, você não acha? Vou mandar por e-mail mesmo. Já fiz um modelo de convite, dá uma olhadinha – apontei para o computador.

– Nossa, adorei! Só você para ter essas ideias práticas!

– Claro, querida, eu sou a praticidade em pessoa – brinquei. – E por falar nisso, já sabe como vai convidar o Caíque?

– Ainda não – ela respondeu cabisbaixa.

– Tô vendo que eu mesma vou ter que convidar o seu paquera. Ingrid, como você quer conquistar o garoto se nem fala direito com ele?

– Mas eu tremo dos pés à cabeça! Dá até vontade de fazer xixi quando ele chega perto de mim. Outro dia, para ele chegar até a cadeira dele, pediu licença e segurou meu braço. Menina, aquela mãozona no meu braço! Pensei que fosse desmaiar. Mesmo depois de um tempão que ele tinha passado, ainda sentia a vibração daquela mão em mim.

– Ingrid! Sinceramente, só as suas crenças esotéricas para explicar como, mesmo sendo tão diferentes, somos tão amigas! Haja paciência com as suas frescuras.

– Os opostos se atraem, essa é a explicação. A gente se completa, amiga.

– Se você fica tremendo só de o garoto te pedir licença, imagina se ele te agarra e te dá um beijão, daqueles de cinema?

– Já pensou? Que mico desmaiar nos braços do Caíque! Hahahaha! Que horror... Já vou começar a mentalizar coragem e autoconfiança para expulsar esse medo de mim.

Eu ri da minha amiga, mas lá no fundo pensava se não deveria largar o preconceito sobre as crenças dela. Bem que eu poderia tentar essas mentalizações. Precisava vencer o medo e declarar o meu amor pelo Hugo. E seria no dia da festa. Não podia mais esperar.

13
Completamente indecisa

Resolvi convidar o Guiga para a minha festa. Mandei o convite num e-mail conjunto com o resto do pessoal, mas no dia seguinte falei com ele pessoalmente.

– Recebeu meu e-mail? – perguntei, enquanto ele ia para a cantina.

– E-mail? – ele fez cara de quem realmente não sabia do que eu estava falando.

– Eu te mandei o convite da minha festa de aniversário. Queria muito que você fosse.

Ele me encarou quase que sem acreditar. Ficou me olhando bem nos olhos, o que me deixou desconcertada. Se eu tinha terminado o namoro, por que fiquei tão abalada? Nos primeiros dias depois que terminamos, eu estava com muita raiva das acusações dele sobre eu querer participar da eleição do grêmio só para aparecer. Mas a raiva passou e até fiquei com saudades do tempo do namoro. Depois pensei melhor e concluí que não dava mais para namorar o Guiga, mas queria que ele fosse meu amigo. Mesmo assim, aquele olhar me deixou sem fôlego. O que estava acontecendo comigo, afinal?

– Tem certeza que quer que eu vá na sua festa de aniversário?

– Claro, Guiga! Vai ser divertido. Você vai?

– Vou sim! – ele concordou com aquele sorriso lindo.

Nem todos os livros do mundo conseguiam explicar a minha indecisão. De repente a minha cabeça ficou confusa. De um lado, tinha planejado a minha festa de aniversário na casa do Hugo de propósito, só para ficar perto dele. De outro, fiquei toda derretida com o sorriso do Guiga. Por que tudo tinha que ser tão complicado?

Por falar em complicação, se apaixonar pelo primo é realmente querer arrumar confusão. Existe aquela velha história de que primos não podem namorar, mas a gente manda no coração? Ele é quatro anos mais velho que eu, já está na faculdade, e eu ainda nem completei o ensino fundamental. Quando percebi que estava apaixonada pelo Hugo, eu tinha só 11 anos. Ele tinha ido à minha casa entregar um bolo que a minha tia tinha mandado para a minha mãe e eu estava na sala, debruçada sobre um exercício de matemática.

– O que está fazendo, priminha? – ele me deu um beijo e sentou ao meu lado.

– Exercícios de matemática, a matéria mais difícil de todas... – bufei.

– Deixa eu ver – puxou o meu caderno.

Ele leu os exercícios e sorriu, depois me explicou com a maior paciência do mundo. Do jeito que ele explicou fez todo sentido, e fiquei até envergonhada por não ter entendido antes. Olhei em seus olhos e ele se transformou em uma espécie de herói para mim. Ele é filho único, assim como eu, por isso sempre vinha até minha casa e trazia filmes ou me levava ao cinema. E tem essa mania de me dar uns abraços de urso que me deixam sem ar.

Será que ele só me via como prima? Como aquela pirralha para quem ele ensinou matemática? Ou será que também gostava de mim e, pelo fato de sermos primos, escondia isso?

Eu estava tão confusa... Pensava em me declarar durante a festa. Já tinha até ensaiado na frente do espelho um monte de vezes. Mas será que a casa dele era o local ideal? E se a gente namorasse, como meus pais iam reagir? E os meus tios? Ah, sei lá! Se ele realmente gostasse de mim, eu ia lutar até o fim. Eles teriam que aceitar.

Meus pensamentos foram interrompidos pelo telefone. Meus pais não estavam em casa, e minha avó estava tirando a tradicional soneca. Corri para atender, para não acordá-la.

– Oi, prima linda!

Era o Hugo. O tom de voz dele estava tão lindo, tão alegre... Aquela voz entrou pelo meu ouvido e fiquei toda arrepiada. Olhei para o espelho e minha cara era a de uma perfeita bobalhona, então precisei virar de costas para conseguir falar com ele de um jeito decente.

– Oi, Hugo. Que coisa boa o meu primo me ligando! Está em casa hoje?

– Estou na locadora, o movimento está fraco, então aproveitei para te ligar. Como estão os preparativos da festa? Estou animado! Meu pai já comprou os refrigerantes.

– Já?! Que bom! Está tudo certo. Além do meu aniversário, vou comemorar também a eleição do grêmio.

– Essa é a minha Aninha, linda e inteligente! E vem cá, vai ter algum garoto sem graça lá para ficar te namorando?

Meu coração gelou. Por que ele queria saber?

– Garoto sem graça, Hugo? Ah, eu estava namorando, mas acabou.

– Acabou? Muito bem. Não quero nenhum garoto chato no pé da minha prima favorita.

– Hahahaha, grande vantagem! Eu sou a sua única prima.

– Já comprei o seu presente. Passei por uma loja e, quando olhei a vitrine, entrei logo e mandei embrulhar. Acho que você vai adorar.

– Nem sei o que é, mas tenho certeza que vou adorar sim.

– Prima, olha, preciso atender uns clientes e tenho que desligar, tá? Até sábado!

– Até sábado, Hugo. Beijo.

Desliguei o telefone e olhei novamente para o espelho. A cara de boba alegre estava ainda pior. Por que ele queria saber se ia ter algum namorado meu na festa? Será que estava com ciúme? Ou era só preocupação normal de primo? *Ai, meu Deus, o que eu faço? Não aguento mais essa história, que já dura quatro anos!*

Resolvi fazer uma reunião extraordinária com as MAIS um dia antes do meu aniversário. Tranquei a porta do quarto e liguei o som, para que meus pais e minha avó não ouvissem a nossa conversa.

– Você tem certeza que vai se declarar para o Hugo, amiga? – a Ingrid estava apavorada, já que nunca tomaria essa atitude.

– Estou pensando nisso sim, Ingrid. É esse o motivo dessa convocação extraordinária das MAIS, para vocês me ajudarem a pensar, a decidir o que fazer.

– Você disse que está indecisa entre o Guiga e o Hugo, certo? – a Susana perguntou enquanto colocava o dedo indicador na testa, como se estivesse tentando ter uma ideia brilhante.

– Sei que vocês me acham a mais doida da turma, mas pensa bem, Aninha – dessa vez foi a Mari quem falou. – Eu acho que você devia dar uma segunda chance para o Guiga. Ele é caidinho por você! Vocês formavam um casal lindo demais. Não tenho nada contra o Hugo, mas essa questão de serem primos é difícil de resolver.

– Eu acho tão romântico, praticamente Romeu e Julieta – foi a vez de a Ingrid opinar. – Pena que não tenho nenhum primo que me interesse. Mas acho a ideia fascinante! Veja pelo lado bom: você conhece todos os defeitos dele, ele conhece os seus, e os seus sogros te amam!

– E se der errado, Ingrid? – a Susana pareceu preocupada. – Não vamos esquecer que na história de Romeu e Julieta eles morrem no final. No caso da Aninha, se der errado, eles vão ter que conviver para sempre. Eles são parentes! Já imaginou que chato? Quando a gente termina um namoro com uma pessoa "comum" – ela fez a mímica das aspas –, depois não se fala mais, então fica mais fácil. Mas não vai ser o caso deles.

– Tô muito confusa! – suspirei. – Faz quase quatro anos que sou apaixonada pelo Hugo e não aguento mais esconder isso. Mas ao mesmo tempo, quando o Guiga olha para mim com aqueles olhos de esmeralda, eu fico toda boba...

– Bom, já dei minha opinião – a Mari falou, enquanto abocanhava um dos biscoitos de chocolate estrategicamente colocados no meio da nossa rodinha. – Eu voto no Guiga. Mas a decisão tem que ser sua, Aninha.

– É, amiga, eu sei que você chamou a gente aqui para ajudar, mas a única que pode resolver isso é você mesma – a Ingrid passou a mão no meu braço para me confortar.

– Isso mesmo. Decida-se, Ana Paula! – a Susana falou brincando, com o jeitinho dela de me dar bronca.

As meninas começaram a rir e, quase que ensaiadas, falaram em coro:

– DECIDA-SE, ANA PAULA!

Elas foram embora e eu ainda tinha que publicar no blog a resenha do último livro que tinha lido. Ah, se tudo fosse tão fácil como cuidar do meu amado blog! As questões de estudos, livros e grêmio às vezes são trabalhosas, mas fáceis de resolver.

Publiquei a resenha do livro *A bolsa amarela*, da Lygia Bojunga. A personagem principal, Raquel, tem três desejos: crescer logo, ser menino e ser escritora. Eu estou bem satisfeita em ser menina, não trocaria. Ser escritora é um tanto óbvio, essa vontade cresce em mim a cada dia que passa. Mas, dos três, o que eu mais queria mesmo era crescer logo. Sempre quis ser independente, ter responsabilidades. Eu gosto disso em mim. Mas preciso lembrar que ainda sou adolescente. Eu até posso saber de muitas coisas, mas não sei de tudo. E ainda estou aprendendo sobre as difíceis questões do coração...

14
A festa

As MAIS me ajudaram a decorar o salão da casa do Hugo com bolas coloridas e a arrumar o som com as músicas que tocariam durante a festa. Como a ordem era economizar, nada de DJ. Fizemos uma boa seleção de músicas e copiamos para um pen drive. Assim, ia ficar tocando a noite toda. Meus pais compraram o bolo, salgadinhos e cachorro-quente. Eu estava tão feliz!

Quase todo mundo tinha confirmado presença. Como tinha ido pela manhã com as meninas arrumar o salão e já estava tudo certo, resolvi tirar uma soneca depois do almoço. Mal coloquei a cabeça no travesseiro, comecei a sonhar com o Guiga e com o Hugo. Eu tentava alcançá-los, mas eles se afastavam e a imagem deles ia se desfazendo. Foi uma sensação horrível. Acordei sobressaltada. Olhei o relógio e tinha se passado apenas uma hora. Com medo de ter o mesmo sonho, resolvi não dormir mais. Já ia me levantar quando as MAIS entraram no quarto.

– Surpresa! – as três gritaram em coro, o que fez meu coração disparar de susto.

– Já acordou, Bela Adormecida? – a Mari brincou. – Resolvemos vir trazer o seu presente de aniversário.

– Eu, hein? – me espantei ao pegar a caixa que me entregaram. – A gente se viu ontem à noite, hoje de manhã... Por que não esperaram para me entregar na festa?

– Queremos que você use o seu presente na festa, por isso viemos antes! – a Ingrid falou toda empolgada. – Vai, abre!

Abri a caixa. Era um vestido azul lindo, com detalhes em branco, mangas curtas e decote em V. A parte de cima era justa até a cintura, com a saia levemente rodada na altura dos joelhos. Simples, mas elegante.

– Um vestido? Que lindo, meninas!

– Como você está indecisa sobre o que fazer com os seus dois pretendentes, a gente resolveu se juntar. Fizemos uma vaquinha e compramos esse vestido, que achamos a sua cara – a Susana sentou ao meu lado na cama e passou a mão nos meus cabelos. – Já que não conseguimos te ajudar a encontrar uma solução para o seu impasse amoroso, resolvemos colaborar para que esteja linda hoje à noite.

– É! – falou a Ingrid. – Quando a nossa autoestima está legal, a cabeça pensa melhor.

– Meninas, vocês são demais! Eu já tinha escolhido uma roupa para hoje, claro, mas nada se compara a esse vestido. Muito obrigada!

* * *

Nove horas da noite. A pista de dança estava lotada. O Guiga chegou com alguns garotos da turma e foi me cumprimentar.

– Parabéns, Aninha!

– Obrigada, Guiga. Que bom que você veio!

– Trouxe um presente para você. Espero que goste.

Abri o pequeno pacote e peguei um lindo cordão prateado com um pingente com a letra A. Levantei-o entre os dedos e ele brilhou com as luzes coloridas da pista de dança. Fiquei encantada com a delicadeza do colar. Quis colocar na mesma hora, mas me atrapalhei com o fecho. O Guiga se ofereceu para me ajudar e afastou os meus cabelos para enxergar melhor. O calor da mão dele na minha nuca me fez estremecer.

– Nossa, amei! É lindo!

– Ah, que bom que você gostou! Vou ficar com os caras por ali – ele viu que mais gente estava chegando para falar comigo. – Depois a gente se fala.

– Claro! – respondi, sem conseguir disfarçar a alegria.

Ao mesmo tempo em que me emocionei com o presente do Guiga, estava preocupada com o Hugo, que ainda não tinha chegado. Tinham mudado o horário dele na locadora justo no dia da festa. Uns quinze minutos depois, ele chegou correndo e veio falar comigo. Pediu desculpas pelo atraso e disse que ia tomar um banho.

Eu ainda não sabia direito como ia fazer. Meus pais e meus tios estavam ocupados organizando os salgadinhos e os refrigerantes. A pista de dança estava barulhenta, e eu precisava arrumar um lugar tranquilo para conversar com o Hugo.

    Enquanto ele tomava banho e se arrumava, fui dançar com o pessoal. Todo mundo estava se divertindo! Tiramos um monte de fotos, fizemos poses engraçadas e até me distraí com o horário. Já fazia quase uma hora que o Hugo tinha chegado em casa e nada de ele aparecer. Pedi licença para o pessoal e fui procurar por ele. Passei pela cozinha e nada. Fui à sala e, pela janela aberta, vi um vulto no portão da frente. Resolvi ir até lá. Chegando lá fora, eis a surpresa: ele estava beijando uma garota! Parecia que todo o resto do mundo tinha sumido e que somente aquela cena existia para mim. Não sei por quanto tempo fiquei ali, imóvel, assistindo, até que ele me viu e me chamou.

    – Oi, prima! Deixa eu te apresentar a Gláucia, minha namorada.

    – Oi, Gláucia! Prazer... – fui simpática para tentar disfarçar a decepção ao ouvir aquela palavra horrível, *namorada*. Nunca tinha forçado tanto um sorriso como naquele momento. E mesmo assim ainda gaguejei. E o pior de tudo é que ela era linda, com cabelos pretos até a cintura e um bronzeado fantástico. Custava ser um pouco mais feinha?

    – Estudamos juntos na faculdade. Ela pode ficar comigo na festa, né?

    – Claro, Hugo. Afinal, aqui ainda é a sua casa, não é verdade? – dei uma risada nervosa, que soou até meio ridícula. Por que, quando a gente quer disfarçar e fingir que está tudo bem, aí é que a gente se enrola e parece uma completa idiota? – Preciso voltar lá pra trás. Não demorem, o cachorro-quente está uma delícia!

    – Ah, espera! – o Hugo segurou o meu braço todo animado. – O seu presente está aqui na sala.

    Como um robô, fui até a sala e ele me deu o pacote, todo sorridente. Ficou me olhando com uma cara de expectativa enorme, então entendi que era para eu abrir. Era um conjunto de mouse, porta-lápis, despertador e caixinhas de som em forma de sapo. Achei até criativo o presente. Já tinha visto em uma loja e achado bem legal. Aliás, eu tinha um sapinho de pelúcia. Mas me senti tão infantil segurando aquilo... Era como se ele estivesse me dando um brinquedo, uma distração para ocupar a criança travessa. A minha raiva dobrou! Ele me via mesmo como a priminha pirralha.

– Adorei, Hugo! – tentei parecer empolgada com o presente e o beijei no rosto. – Agora vai ser muito mais divertido usar a minha escrivaninha!

– Sabia que você ia gostar! – ele me deu aquele maldito abraço de urso e me encheu de beijos, como se faz com uma garotinha de 5 anos. Olhei para a morena fatal e vi que ela estava se divertindo com aquela cena. Que vontade de sair correndo! Mais uma vez pus a máscara da simpatia e voltei para a festa.

Como eu era patética! Minhas pernas tremiam tanto que nem sei como consegui chegar aos fundos da casa. Como fui boba e infantil em achar que ele também poderia ser apaixonado por mim. Estava morrendo de vontade de chorar, de tanta decepção, mas engoli o choro e segui para a festa. Ninguém era culpado pela minha frustração a não ser eu mesma. Peguei um refrigerante e tomei de uma vez só. Peguei outro, com um cachorro-quente bem grande, e sentei perto da Susana, enquanto as outras se acabavam de dançar. Enquanto comia, contei a ela a ceninha romântica que tinha presenciado e o meu *lindo* presente de aniversário.

– Posso te falar uma coisa? Fiquei com inveja e quero um conjunto igualzinho pra mim! Mas poxa, Aninha, pensa pelo lado bom: foi melhor presenciar a cena do que se declarar e acabar levando um fora.

– Pensando por esse lado, você tem razão.

– Ué, você não estava com esse colar antes. Que lindo!

– Presente do Guiga, acredita? – dei um sorriso meia boca.

– Sério?! É tão delicado...

– Eu sei. Estou me sentindo uma bruxa, uma maluca ou uma fútil! O garoto me dá esse presente lindo e fico toda chateada por causa do Hugo. Como sou volúvel. Eu não presto!

– O que é isso, Aninha! Pode parar com isso agora mesmo. Vou dar uma de conselheira sentimental... Brincadeira, eu li um caso parecido em uma das revistas da Ingrid. Eles disseram que é normal a gente ficar indecisa, ainda mais na nossa idade. Já pensou na quantidade de garotos lindos e interessantes que tem por aí? Está certo, você se iludiu com uma paixão não correspondida pelo seu primo. Eu nunca me interessei por um primo, não sei como é. Mas tanta gente passa por isso! Tenta não ficar se culpando, se criticando. E vai ao banheiro limpar esse queixo sujo de molho de cachorro-quente, sua porquinha gulosa!

Fui ao banheiro e retoquei a maquiagem. Quando voltei, o Hugo estava dançando com a tal da Gláucia. Ele passava a mão naquele cabelão preto e ela sorria. Que chatice ter que presenciar essas ceninhas românticas bem debaixo do meu nariz. Olhei para o outro lado e lá estava o Guiga, com os outros garotos da classe. Quando dei por mim, estava lá no meio da rodinha dançando com eles. Bom, se convidei o Guiga para a festa, não poderia ficar ignorando o garoto a noite toda, certo? Pelo menos ele não ficou esfregando nenhuma garota na minha cara, não ficou com ninguém. Uma chateação a menos.

Sentei um pouco para descansar os pés. A Ingrid e a Mari, que não tinham parado de dançar um minuto, finalmente se sentaram também.

– Expulsei todos os demônios do corpo, de tanto que dancei! – a Ingrid falou de um jeito tão engraçado que caímos na gargalhada.

– Já ficamos sabendo da morena cabeluda, Aninha – a Mari fez uma careta.

– Pois é... – fiz o meu tradicional bico.

– Liga não! – ela continuou. – Foca a atenção no Guiga, já falei.

– E por falar em focar a atenção, o Caíque nem apareceu, hein, Ingrid? Eu estava online antes de vir para cá e ele falou comigo. Disse que estava tudo certo para vir para a festa quando apareceram uns parentes sem avisar e os pais não deixaram ele sair.

– Pois é, isso lá é hora de parente aparecer?!

– Pelo visto, amiga, nossa vida amorosa está um fracasso.

– Que nada, Aninha! Vamos mentalizar positivo. Positivooo!

– E por falar em mentalizar positivo... – foi a vez de a Susana falar. – Depois que o Stewart voltou para os Estados Unidos, nunca mais fiquei com ninguém. Também, os garotos batem no meu ombro!

– Quem manda ser um varapau? – a Mari brincou.

– Para de implicar, Mari! – a Ingrid defendeu. – Deve ser difícil arrumar um namorado com mais de 1,85 metro quando se tem 14 anos. Logo vai aparecer alguém, amiga.

– Tomara, Ingrid... tomara.

Um pouco mais tarde, cantamos parabéns e cortamos o bolo. Estava uma delícia, comi uma fatia enorme. Incrível como bolo de chocolate tem o poder de me acalmar! Por volta das duas da manhã a festa acabou, e o Guiga foi um dos últimos a sair. Ao se despedir, segurou minha mão e me deu um beijo um tanto demorado no rosto.

– Valeu por ter vindo, Guiga – me despedi sorrindo, segurando o pingente.

– Valeu por ter me convidado. Foi muito legal a festa.

– Ah, que bom que você curtiu. E mais uma vez obrigada pelo presente. Amei!

– A gente se vê. Tchau, Aninha.

Apenas sorri.

15
Sendo responsável

Passados os dramas da indecisão amorosa e do aniversário, decidi me concentrar no trabalho do grêmio. Afinal, eu tinha sido eleita para isso, não é mesmo? Resolvi me dedicar exclusivamente ao grêmio e esquecer os garotos.

Nas duas semanas depois da festa, mergulhei de cabeça nas minhas responsabilidades. Quer dizer, para falar a verdade, nos três primeiros dias fiquei com um mau humor enorme. Eu não sabia se era por causa do namoro do Hugo ou por ter confundido as coisas na minha cabeça. Ele só me via como prima. Ponto. Ao mesmo tempo, eu não conseguia parar de pensar no Guiga. Em alguns momentos me arrependia de ter terminado o namoro. Ele tinha sido um fofo na minha festa! Mas nunca mais falou em voltar, então resolvi ficar na minha.

Como a ideia de fazer um blog para divulgar a minha campanha tinha dado certo, resolvi continuar, postando as ações do grêmio. A primeira coisa que fizemos foi publicar uma lista de alguns livros da biblioteca com um pequeno resumo. Falei "fizemos" porque eu não trabalho sozinha. As MAIS me ajudam, e a mais ativa é a Ingrid. A Mari é doidinha e faz o que pode. E a Susana tem muitos treinos do time de vôlei. Para incentivar o pessoal, selecionamos os livros que já tinham virado filme ou peça de teatro. A intenção da professora Margareth era fazer o pessoal refletir sobre as dificuldades de fazer a adaptação dos textos.

Naquele dia, a Ingrid tinha chegado em cima da hora, faltando menos de um minuto para o sinal de entrada tocar. Ela estava estranha e perguntei o que tinha acontecido.

– Uma moça veio falar comigo na entrada do CEM. Ela estava com uma criança e disse que não tinha dinheiro para comprar leite. Meu coração ficou apertado. Fui até a padaria, comprei uma caixa de leite e entreguei para a moça. Ela ficou com lágrimas nos olhos e me agradeceu. Disse que geralmente pegava leite na instituição de caridade que tem aqui no fim da rua, mas que as doações estavam muito poucas e nem todo mundo pôde ser atendido.

Realmente aquela história era de cortar o coração. Criança passando fome é de doer. Foi aí que a Ingrid teve uma ideia. E se a gente fizesse uma campanha para doação de leite? O CEM tinha tantos alunos! Se cada um trouxesse uma caixa, seria de grande ajuda.

Depois que a aula acabou, fui com a Ingrid até a instituição de caridade. Era mantida pela igreja, e a moça responsável confirmou que as doações tinham diminuído bastante e que toda ajuda seria bem-vinda.

Apesar de não estar no meu plano de campanha, levei a ideia para a coordenação e a Eulália adorou! Ofereceu uma sala vazia para guardar temporariamente as doações dos alunos. Coloquei o aviso no blog do grêmio e as MAIS se dividiram entre as turmas para falar sobre a campanha do leite. Fizemos cartazes e os espalhamos pelo CEM.

Foi um sucesso! Conseguimos arrecadar 350 caixas de leite. Ao fim da campanha, o motorista do CEM entregou as caixas na instituição. Um dia depois da entrega, eu e as MAIS resolvemos passar por lá para conversar com a responsável. Quando a gente estava quase chegando, vimos o Guiga saindo de um carro em frente à instituição. Ficamos escondidas atrás de umas árvores para ver o que estava acontecendo. Ele abriu o porta-malas, pegou várias sacolas e entregou para um funcionário de lá. A mãe dele também saiu do carro e pegou outras sacolas do banco de trás. Somente quando foram embora nós saímos de trás das árvores. A cara das quatro era um misto de espanto e curiosidade.

Quando entramos na instituição, a responsável estava com um sorriso de orelha a orelha.

– Meninas, muito obrigada mesmo pela ajuda de vocês. Várias famílias serão beneficiadas pela doação da escola e também do condomínio de um dos alunos.

– Condomínio de um dos alunos? – perguntei curiosa.

– Sim, o Guilherme, ou Guiga, como vocês devem conhecer. Ele deixou um aviso no condomínio onde mora falando sobre a doação de leite e concentrou o recebimento das caixas na casa dele. Conseguiu mais cinquenta caixas, além das 350 que foram entregues ontem pelo CEM. Ele acabou de sair daqui!

– Que legal! A gente fica muito feliz que a campanha tenha dado certo – nos olhamos espantadas.

Saímos de lá superconfusas com toda aquela história. Sentamos em uma lanchonete para debater o assunto.

– Ainda não acredito no que meus olhinhos viram! – falei enquanto segurava o meu pingente.

– Eu adorei a iniciativa dele! – a Ingrid estava com lágrimas nos olhos, pra variar.

– Só não entendo por que ele não contou que ia fazer isso – a Mari falou intrigada.

– Acho que eu sei o motivo – a Susana deu um soquinho na mesa. – Lembra que ele falou que era contra a sua candidatura porque achava que você só queria aparecer, Aninha? Vai ver ele se arrependeu do que disse.

– Mas, se for isso mesmo, por que ele não falou nada sobre a campanha no condomínio?

– Justamente para você não pensar que ele queria fazer isso só para te reconquistar. Aí quem ia aparecer era ele! – a Mari opinou.

– Se teve uma coisa que ele não fez foi aparecer, meninas – a Ingrid ponderou. – A gente descobriu por acaso.

– Sinceramente, não entendo. Por que ele não falou que queria ajudar o grêmio? A gente voltou a se falar, ele foi na minha festa de aniversário e eu nunca mais tirei o colar que ele me deu. Só tem um jeito de saber a verdade: perguntando para ele! – tomei a decisão. – Vou fazer isso hoje mesmo.

Eu sabia que naquele dia ele saía da aula de inglês umas cinco da tarde. Esperei na saída, torcendo as mãos de ansiedade. Quando ele me viu, tomou até um susto.

– Oi, Aninha, perdida por aqui? Esperando alguém?

– Na verdade estava esperando por você, Guiga – falei sem jeito.

– Por mim?

– É... Podemos conversar? Pode ser ali na pracinha?

Sentamos embaixo de uma árvore, pois estava calor e ela fazia uma sombra ótima. Não fiz rodeios, fui direto ao assunto.

– Guiga, por que você não me contou sobre a campanha do leite que fez no seu condomínio?

O rosto dele ficou vermelho. Percebi que ele ficou sem graça por ter sido descoberto e ainda por cima ter ficado vermelho na minha frente. Fingi que não vi. Ele perguntou como eu tinha descoberto e contei toda a história, sem esconder nenhum detalhe.

– Olha, Aninha... – ele começou a falar com certa dificuldade. – Eu fiquei muito arrependido das coisas que fiz, de ter sido contra a sua candidatura ao grêmio, de ter feito aquelas cenas ridículas de ciúme. Fui muito egoísta, imaturo, criança mesmo. Pensei só em mim. Não entendi que era uma coisa que você realmente queria fazer. Fiquei me sentindo um completo idiota.

– Ah, Guiga, não fala isso...

– Não, deixa eu terminar – ele me interrompeu. – Quando você e as meninas falaram sobre a campanha do leite, eu fiquei muito interessado em ajudar. Mas aí pensei que, se te falasse, você podia achar que eu estava fazendo aquilo só para te reconquistar. Então falei com a minha mãe e ela aceitou me ajudar. Entregamos hoje o que foi arrecadado, como você viu.

– Foi uma atitude linda, Guiga. Valeu mesmo! – não resisti e acabei acariciando o braço dele.

– Gostei de ter feito isso. Sei que não vai resolver o problema todo, mas fiquei satisfeito de ter feito a minha parte. – De repente ele olhou para o colar no meu pescoço e mudou de assunto. – Você gostou mesmo do presente.

– É, adorei – segurei o pingente. – Foi um dos presentes mais delicados que já ganhei. É uma forma de ter você sempre comigo.

– Eu ainda gosto de você, Aninha – meu coração disparou quando ele disse isso. – Será que um dia você vai me perdoar por ter me comportado tão mal?

– Eu já te perdoei, Guiga.

Cheguei mais perto e o beijei no rosto. O perfume que ele usava era muito suave. Ele segurou o meu rosto entre as mãos e me olhou com aqueles olhos de esmeralda. Fiquei completamente sem ar. Então ele me beijou. Fiquei tão feliz com aquele beijo, pois finalmente percebi que era do Guiga que eu gostava. Era muito bom amar e ser correspondida. E assim reatamos o namoro.

16
Nem tudo são flores

No dia seguinte, as MAIS vibraram com a notícia. Só tivemos duas aulas, e chamei as meninas para irem em casa.

– Eu sabia que isso ia acontecer, eu sabia, eu sabia! – a Ingrid deu vários pulinhos no meu quarto.

– Depois a maluca sou eu! Eu sempre disse isso e ninguém me deu atenção! – a Mari fez pose de incompreendida e caiu na gargalhada.

– Ah, finalmente! Não aguentava mais aquela cara de cachorrinho abandonado do Guiga pelos corredores do CEM – a Susana imitou um cãozinho.

– Nossa, foi lindo, meninas! Juro que a minha intenção era só tirar a limpo aquela história das doações, mas ele estava tão fofo ontem. Não resisti! E não tinha como continuar mentindo para mim mesma que não gostava mais dele.

– Agora você vai ter que se desdobrar, hein, amiga? – a Susana se esparramou nas minhas almofadas. – É grêmio, namoro... Não vai esquecer da gente, né?

– Claro que não, dona Susana! – joguei uma almofada nela. – Ainda mais agora, com a encenação de *Romeu e Julieta* e o ciclo de palestras sobre profissões.

– E pensar que eu e o Lucas vamos ser Romeu e Julieta! Incrível, nunca pensei que eu tivesse essa veia artística – a Mari fez pose na frente do espelho. – Primeiro, os palcos do CEM. Depois, os palcos da Broadway! Aproveitem para pegar meu autógrafo enquanto estou aqui, pertinho de vocês. Depois minha agenda vai estar cheia e vai ser mais difícil.

– Ih, pronto! – a Ingrid debochou. – O sucesso, que ainda nem chegou, já subiu à cabeça.

Demos uma surra de almofadas na Mari. Ela não sabia se gritava ou se ria. Depois, exaustas, caímos cada uma para um lado.

– Tá bom, meninas, vocês venceram – a Mari falou ofegante. – Prometo que falo o nome de vocês quando eu receber o meu primeiro Oscar.

Nova surra.

Rimos e conversamos mais um pouco, e depois as meninas foram embora. Fiquei deitada na cama, olhando para o teto. Parecia que de repente ele tinha se transformado em uma tela e comecei a rever os últimos acontecimentos.

O professor Alfredo, de artes cênicas, começou a fazer os testes para a peça de teatro e não acreditamos quando a Mari e o Lucas resolveram se inscrever para os papéis principais. A Mari, mais despachada, a gente até conseguia entender, mas o Lucas? Foi uma surpresa e tanto! Eles foram aprovados no teste, e eu não perco um único ensaio. Está ficando demais! A Ingrid até quis se inscrever para fazer a Julieta, mas na hora do teste deu aquela típica vontade de fazer xixi de quando ela fica nervosa.

Como o Rogério tinha perdido a eleição para mim por pouco mais de dez votos, achei legal aproveitar a ideia dele de realizar as palestras sobre profissões. Ele ficou superanimado e me ajudou a organizar. O primeiro que convidamos foi o pai da Mari, que é formado em letras, faculdade que com certeza vou querer cursar. Já que incentivo tanto a biblioteca do CEM, tinha que levar alguém que trabalha para editoras e mostrar um pouquinho dos bastidores da produção dos livros. O pessoal adorou a palestra, e a Mari ficou toda orgulhosa do pai. Agora vão valorizar mais quando tiverem um livro em mãos. Até que ele chegue às livrarias, dá um trabalhão danado, ninguém tinha se dado conta.

A segunda palestra foi a do irmão do Rogério, para falar sobre a profissão de ator. Ele faz um papel na novela das seis, e foi difícil conter o entusiasmo das garotas. De um lado, elas estavam empolgadíssimas, davam mil gritinhos, e os flashes das máquinas não paravam. Fizeram até fila para tirar foto com ele. Do outro, os garotos estavam morrendo de ciúme. Alguns até falavam que ele nem era tão bonito assim. Inveja? Que é isso, imagina...

Fizemos uma votação no blog do grêmio para descobrir que palestras o pessoal estava a fim de assistir, e já tínhamos mais seis agendadas até o fim do ano. Até a mãe da Susana, que é superocupada com a farmácia, topou falar com os alunos.

Tudo parecia fantástico, não? Os projetos do grêmio dando certo, a volta do namoro com o Guiga... Mas nem tudo foram flores nos últimos dias.

Eu estava no banheiro quando ouvi vozes. Reconheci que uma delas era da Amanda.

– Que garota insuportável! – ela gritava.

– Shhhhh. Amanda, fala baixo!

– Tá difícil controlar o meu tom de voz, Natália. Eu tenho vontade de matar aquela garota exibida. Quem ela pensa que é, a dona do colégio? Aquela loira aguada. Tomara que o ano passe voando para ter outra votação do grêmio e alguém tirar o posto daquela nojentinha.

– Você está assim porque ela e o Guiga voltaram.

Ficou mais do que óbvio que elas estavam falando de mim. Resolvi ficar no banheiro. Subi no vaso sanitário para que elas não vissem meus pés. Fiquei boquiaberta ao escutar mais daquela conversa.

– Não é nada disso, Natália! – a Amanda falou furiosa.

– É isso sim, Amanda. Esquece esse garoto! Tem um montão aí fora, mas você cismou com ele.

– Eu estava quase chegando lá quando aquela loira ridícula e metida a intelectual se enfiou no meu caminho. Ah, mas isso não vai ficar assim, você vai ver. Eu vou aprontar uma pra ela.

– O que você pretende fazer, Amanda? – a Natália perguntou em tom de preocupação.

Prendi a respiração e tentei não mexer um músculo sequer. Torci para o meu estômago não roncar, pois eu estava morrendo de fome. Ouvi o plano sórdido que ela tinha inventado e só saí do banheiro quando não ouvi mais nenhuma voz. Chegava a suar frio.

Voei para a cantina e comprei um pacote de biscoitos. O sinal do fim do intervalo tocou assim que entreguei as moedinhas para pagar, então precisei correr para voltar para a classe. Contei para as MAIS o que tinha acontecido e a Susana queria ir tirar satisfação com a Amanda. Com a ajuda das meninas, tiramos essa ideia da cabeça dela, mas ficou combinado que eu nunca mais iria ao banheiro sozinha. Achei aquilo um exagero, mas fui voto vencido.

17
A peça de teatro

O CEM estava uma loucura! Era fim de junho e a encenação da peça de teatro tinha sido marcada para depois das provas do segundo bimestre. Só se falava na apresentação de *Romeu e Julieta*. O professor Alfredo e a professora Margareth se juntaram para organizar todos os preparativos: adaptação do texto, escolha dos atores, elaboração do figurino e reparos no teatro do colégio, que não era usado fazia algum tempo.

No início, pensamos em não cobrar os ingressos, mas depois a gente viu que teria que fazer isso, nem que fosse um valor baratinho. Assim, conseguimos pagar os figurinos e alguns ajustes do teatro, como iluminação e som.

Adivinha quem foram os maiores compradores de ingressos. Os parentes, claro! Que mãe ou pai, orgulhoso do filho, não ia querer tirar mil fotos?

No dia da apresentação, foi uma correria danada no CEM. Os alunos até pegaram vassouras e panos para deixar o teatro brilhando. O dia escolhido foi uma sexta à noite, pois facilitava a vida principalmente dos pais.

A Mari estava empolgadíssima! Quando ela teria imaginado que seria a protagonista da peça? Ela proibiu a mãe de levar celular ou qualquer outra coisa que a ajudasse a se comunicar com o trabalho. A mãe da Mari vive correndo pra lá e pra cá e não larga o celular para nada. Completamente o oposto do pai dela, que é supertranquilo.

O Guiga me ajudou na entrada do teatro, recebendo os ingressos e indicando a direção das poltronas. Fiquei tão orgulhosa dele! O teatro estava lotado, não cabia nem mais uma mosca. Com todos em seus devidos lugares, eu e o Guiga finalmente sentamos e assistimos à peça de mãos dadas. Meus pais e minha avó também estavam lá e torciam para que a Mari e o Lucas se saíssem bem.

A parte mais emocionante da peça, para mim, foi a cena do balcão. "Ó Romeu, Romeu! Por que és Romeu? Renega teu pai e recusa teu nome; ou, se não quiseres, jura-me somente que me amas." Lembrei da minha paixonite pelo Hugo e olhei para o Guiga. Naquele momento, respirei fundo e agradeci aos céus por não ter me declarado ao meu primo no dia da festa.

Quando a peça terminou, todo mundo aplaudiu de pé. Estavam todos eufóricos e, é claro, a Ingrid em prantos com a atuação da Mari como Julieta. Ah, essa minha amiga é mesmo uma manteiga derretida!

    Aos poucos, os espectadores foram saindo do teatro e se aglomerando no pátio para esperar pelos atores. Quando eles finalmente chegaram, nunca vi tantos flashes juntos.

    – Mari, você estava linda, perfeita lá em cima! – as MAIS praticamente gritaram em coro, e a Mari pulava sem parar.

    – Ai, meninas! Acho que finalmente descobri a profissão que quero seguir. Quero ser atriz! É o máximo, é o máximo!

    – Que bom, Mari! Você realmente leva jeito.

    – Estou tão elétrica que poderia acender umas dez casas!

    – Parabéns, Mari! – dessa vez foi o professor Alfredo quem falou. – Você se saiu muito bem nos ensaios, mas hoje você se superou. Bom, essa foi a peça do primeiro semestre, mas gostaria que você participasse da peça de final de ano.

    – Jura, professor? – ela deu gritinhos histéricos.

    – Claro! Mas agora comemore com seus amigos e depois das férias de julho voltamos a conversar.

    Aos poucos, o pátio do CEM foi ficando vazio. Quando fui procurar meus pais, eles estavam conversando com a professora Margareth.

    – Aninha, estava dizendo aos seus pais como você me ajuda com a biblioteca. Preciso confessar que, antes da eleição do grêmio, ela ficava praticamente às moscas. Agora os pedidos de empréstimo aumentaram bastante!

    – Estamos orgulhosos de você, Ana Paula – minha mãe me puxou e me deu um abraço apertado.

    – Professora, no início ficamos com medo de ser muita responsabilidade para ela – dessa vez foi meu pai quem falou. – Mas ela está conseguindo conciliar bem as atividades do grêmio e os estudos.

    – E isso é ótimo para ela! Eu sou a favor de ter responsabilidades desde cedo. Ela está se saindo muito bem – a professora respondeu.

    Eu estava realmente feliz! Ser presidente do grêmio estudantil sempre foi o meu sonho, e eu estava conseguindo realizá-lo. É complicado conciliar tudo, mas é só saber dividir bem o tempo. A única coisa que eu ainda não conseguia administrar era a raiva que a Amanda tinha de mim.

Ela tinha prometido me armar uma cilada e cumpriu com sua palavra, dias antes da encenação da peça. Eu tinha passado a tarde toda pintando uma parte do cenário. Todo mundo viu que eu estava pintando aquele pedaço. Saímos para nos limpar e comer alguma coisa na cantina do CEM. A Amanda, achando que o teatro estava vazio, entrou com uma lata de tinta preta e começou a estragar todo o meu trabalho. Só que ela não imaginava que o Rodrigo, um dos amigos do Lucas, estava escondido nos bastidores filmando o palco.

Desde que eu escutei o plano dela no banheiro, ficamos nos revezando no teatro, esperando que ela entrasse em ação. Ela disse que ia estragar o cenário da peça e que, de alguma forma, ia dar a entender que tinha sido eu. Como eu ia provar que ela tinha ameaçado fazer isso? Eu a ouvi escondida no banheiro, e seria a minha palavra contra a dela. Precisava de testemunhas. O Rodrigo filmou para provar que tinha sido ela e, enquanto isso, mandou uma mensagem para o Lucas pelo celular. Voltamos correndo, não sem antes chamar o professor Alfredo. Ela foi pega em flagrante. De repente a Natália, amiga dela, apareceu também.

A Amanda começou a correr tentando fugir, só que tropeçou e caiu em cima da lata de tinta que tinha levado. O professor Alfredo ficou transtornado, principalmente depois que o Rodrigo mostrou o filme que tinha feito.

– Há quanto tempo você estava escondido aí, Rodrigo, posso saber? No escuro, que nem um morcego. Que covarde! – a Amanda tentou virar o jogo.

– Olha só quem fala de covardia! – ele retrucou. – Você acha legal estragar o trabalho dos outros?

– A gente já sabia que você ia armar uma cilada pra mim, Amanda – defendi o Rodrigo. – Eu queria de verdade entender tudo isso. Não consigo me lembrar de quando te tratei mal. Eu não tenho nada contra você, mas, se você tem contra mim, é problema seu.

Decida-se, Ana Paula!

– Claro que você não entende, não é mesmo, Ana Paula? Você é a rainha da diplomacia, nunca se mete com ninguém. Mas eu conheço esse seu tipinho. Você é falsa. Um dia essa sua máscara de boazinha vai cair e todo mundo vai ver como você é de verdade.

– Para com isso, Amanda! – a cara da Natália era de real preocupação ao tentar levantar a amiga do chão. – Vamos! – ela a puxava pelo braço. – Chega, você passou dos limites.

– Vai defender a nojentinha agora?

– Estou defendendo você, Amanda. Para com essa cena! Vamos embora daqui.

A situação ficou muito constrangedora para a Amanda. A Eulália avisou aos pais que ela seria suspensa e que eles teriam de arcar com o prejuízo do cenário que ela havia estragado.

Não consigo entender o que leva uma pessoa a fazer uma besteira tão grande! O que eu fiz para ela me odiar tanto? Só porque namoro o Guiga? Porque corro atrás das coisas que acredito serem legais para mim?

No meu lugar, muita gente ficaria com ódio da Amanda. Não vou bancar a santa agora e dizer que não fiquei com raiva, querendo que ela desaparecesse e me deixasse em paz para sempre. Mas espero que depois da suspensão ela tenha aprendido a lição e não apronte mais nada comigo. E com mais ninguém!

* * *

O fim do semestre foi muito agitado. As férias vieram a calhar, mais do que merecidas. Prometi aos meus pais que ia realmente descansar nas férias de julho. Ia aproveitar para passar mais tempo com o Guiga.

A Susana viajou para o sítio da avó. Ela idolatra aquela senhorinha. Mas ela é muito legal mesmo! É a pessoa que mais incentiva a Susana a ser jogadora profissional de vôlei. "Ainda vou te ver nas Olimpíadas!", ela costuma falar.

A Mari resolveu fazer um curso de teatro para adolescentes, que ia durar todo o mês de julho. Acho que a minha amiga quer mesmo se tornar uma estrela!

A Ingrid decidiu alugar todos os filmes românticos da locadora. Ela disse que ia mergulhar na esfera das paixões para atrair sua alma gêmea. Tomara que ela consiga!

Atualizei meu blog literário com a resenha do livro *Reinações de Narizinho*, do Monteiro Lobato. Já faz tempo que eu li, devia ter uns 12 anos. Mas, como muita gente que comenta no meu blog tem mais ou menos essa idade e várias pessoas me pediram uma dica de leitura para as férias, senti saudade e acabei relendo. As histórias da Emília são muito divertidas! Hummm... lembrei dos bolinhos de chuva da tia Anastácia. Férias com um lanche gostoso desses? Vou pedir para a minha mãe fazer.

Aproveitei para deixar um recadinho no blog do grêmio: "O CEM está em férias. Estaremos de volta na primeira semana de agosto. Aproveitem bastante a folga! Até mais!"

Parte 3

Ingrid apaixonada!

18
Oi! Eu sou a Ingrid, a I das MAIS!

Eu sou a mais romântica da turma. Sempre me coloco no lugar das mocinhas dos filmes de amor, esperando que um dia me apaixone de verdade. Não é à toa que ontem assisti ao filme *O amor não tira férias* pela quinta vez. Tem como não se apaixonar pelo personagem do Jude Law, com aquele sotaque inglês?

Eu AMO rosa. Não adianta, já tentei comprar coisas de cores mais variadas, mas acabo sempre voltando ao rosa. Acho que fica romântico com os meus cabelos ruivos e as minhas sardas. A Susana até me ensinou uma maquiagem que disfarça um pouco as pintinhas, mas resolvi assumi-las de vez. E meus cabelos, que uso na altura dos ombros, fazem cachos naturais nas pontas.

Minha mãe ficou viúva logo depois que eu nasci, então não conheci o meu pai. Ela se casou de novo, e o meu padrasto é o pai que eu tenho como referência. Tenho uma irmã mais nova, a Jéssica, de 6 anos. É muito esperta a danadinha! Ela é minha meia-irmã, nascida no segundo casamento da minha mãe. Quando estou em casa, ela fica atrás de mim o tempo todo, imitando tudo o que eu faço, chega a ser engraçado.

Eu tento ao máximo ser positiva. Não tem nada mais chato do que uma pessoa que fica reclamando da vida o tempo todo. Claro que eu tenho problemas! Mas tento encará-los da melhor forma possível. Tudo bem, tudo bem, eu confesso. Tem uma coisa que me tira do sério sim: minha altura. Ah, como eu queria ser mais alta! Outras coisas que também me incomodam um pouquinho:

1. Vejo mil defeitos na tal Daniela, mas reconheço que é pura inveja da garota. Afinal, além de namorar o Caíque, ela é muito mais alta que eu.
2. Minha irmã cisma de andar com o meu sutiã na cabeça, experimentar os meus batons e desfilar com os meus sapatos. Mas no fundo, no fundo, é até engraçado.
3. Quando faço educação física no CEM, por ser muito branquinha, minhas bochechas ficam vermelhas e os garotos me chamam de Tomatinho. Já não basta ter o apelido de Chaveirinho? Elas também cismam em ficar vermelhas quando tento disfarçar a minha timidez, especialmente perto de garotos bonitos...

E por falar em CEM, entramos na terceira semana de agosto. As atividades do grêmio já foram retomadas e sempre que posso ajudo a Aninha. No fim do ano, teremos a encenação do *Sítio do Picapau Amarelo*, do Monteiro Lobato. Vai ser demais, a Mari vai fazer o papel da Emília. Achei tudo a ver justo a Mari, a minha amiga mais engraçada, ser a Emília. Desde que encenou *Romeu e Julieta*, no fim do semestre passado, ela decidiu que quer ser atriz. E com certeza tem tudo a ver com ela!

Desde o ano passado, depois daquele fatídico Dia dos Namorados em que eu e a Mari fizemos umas simpatias para santo Antônio, fico imaginando uma maneira de conquistar o Caíque. Mas não vejo muita solução para essa minha paixão platônica, já que a Daniela é um grude. A única coisa boa desse namoro é que ela não estuda no CEM, o que já é um alívio. Ah, tem uma coisa incrível sobre o Caíque: acredita que alguém em pleno século XXI não tenha perfil na internet? Pois é, ele só tem MSN e olhe lá. E mesmo assim não estou adicionada. Ele não me ajuda nem um pouquinho a fuxicar a vida dele!

O Caíque estuda na minha sala e é da turma do fundão. Ele senta na mesma fileira que eu e sempre tem que passar por mim para chegar até o lugar dele. E, como as fileiras são apertadas, quase todo dia ganho uma roçada de braço ou de perna.

Eu estava falando baixinho sobre isso com a Aninha quando algo inesperado aconteceu. Um homem de uns 50 anos entrou na nossa sala ao lado da coordenadora, a Eulália. Ele usava um jaleco comprido, quase na altura dos joelhos. Tinha uma cara engraçada, bochechuda, com um ar de deboche.

– Bom dia, nono ano. Este é o professor Gustavo, que veio para substituir a professora Mirela, de introdução à química. Ela entrou no nono mês de gestação e está de licença-maternidade. Ele vai dar continuidade à matéria, portanto comportem-se! Boa sorte, professor Gustavo.

– Bom dia, meninos e meninas! – ele falou, sorridente, quando a Eulália saiu da sala. – Eu sou o professor Gustavo e vamos nos aturar durante esse resto de ano letivo estudando química. Como eu sei que vocês amam essa matéria e falam de química o tempo todo, vamos nos divertir bastante.

Todo mundo começou a rir. Quando um mais atrevidinho falou que não pensava um só minuto na matéria dele, o professor Gustavo se justificou:

– Como não, meu filho? Desde a hora que vocês levantam até quando vão dormir, é química pura! Pensa que não conheço vocês? As meninas só pensam na melhor fórmula para deixar os cabelos brilhantes, no batom que combina mais com o tom de pele, no creme fantástico que esconde aquela espinha indesejável e, por que não, naquele calmantezinho natural capaz de manter os hormônios sossegados quando um garoto chega perto. Isso é ou não é química?

A risada foi geral. E, de certa forma, não era disso mesmo que eu falava com a Aninha minutos antes? Das roçadas de braço do Caíque? Os meninos apontavam para as meninas e se contorciam de rir. Algumas meninas riam também, outras ficaram envergonhadas.

– Ô, meu filho! – o professor Gustavo interrompeu as risadas, apontando para o fundo da turma. – Você, ô, loirinho, como é o seu nome?

— Meu nome é Renato, professor.

O Renato é o garoto mais chato e metido da nossa classe. Ele se acha o maioral. Olhei para as MAIS e elas riam baixinho. Pelo visto, ele não ia bancar o folgado com o novo professor.

— Muito bem, Renato. Existe algum problema químico que impeça você de tirar os óculos escuros durante a minha aula? Está com algum problema na visão ou é um vampiro adolescente disfarçado, se preparando para morder um desses lindos pescoços?

— Não, senhor — ele respondeu em tom de deboche, tirando os óculos e colocando-os sobre a mochila.

— Pois muito bem! Deixe para usá-los quando sair do colégio, combinado? Ótimo, pessoal, chega de papo furado. Já descontraímos, agora vamos ao que interessa. Peguem seus cadernos, pois vamos entrar numa viagem fascinante chamada tabela periódica.

— Ingrid, parece que o professor Gustavo é uma figura! Ele não sabe, mas você é a rainha da reação química. Até quando você vai se contentar com essas roçadas de braço que ganha do Caíque, hein? — a Aninha zoou da minha cara.

— Ah, Aninha, o que você quer que eu faça?

— Pelo jeito, não vai fazer muita coisa. A oportunidade perfeita teria sido na minha festa, mas ele acabou não indo. Ele estava separado da grudenta naquela época, mas depois voltaram.

— Decididamente, esse namoro não faz bem para ele. Vou tentar mentalizar positivo para ele enxergar que o grande amor da vida dele sou eu.

— Aproveita para fazer mentalização positiva para a Susana. Hoje, logo depois do intervalo, vai ter o jogo da semifinal do campeonato intercolegial. Esqueceu que o jogo vai ser aqui?

— É verdade! Vamos comer rapidinho para pegar um bom lugar no ginásio e torcer pela Susana.

Saímos para o intervalo, comemos bem rápido e seguimos para o ginásio. Estávamos eu, a Mari com o Lucas e a Aninha com o Guiga. Distribuíram bandeirinhas e pompons com as cores do CEM, vermelho e branco. Eu estava tão distraída analisando as adversárias da Susana, do Colégio Braz, que não percebi quem sentou do meu lado: o Caíque!

Ingrid apaixonada!

Tentei ficar calma com a proximidade e agir de maneira natural. Não podia perder aquela oportunidade. Quando ia falar com ele sobre um assunto qualquer, só para puxar papo, o celular dele tocou. Tive que disfarçar, pois já tinha aberto a boca para falar e devo ter ficado com uma cara ridícula. Ele começou a falar alto, e não tive como não ouvir a conversa com a Daniela.

– Dani, eu vou falar pela última vez. Tudo pra você é motivo de briga, de discussão, eu não aguento mais. Chega, cansei! Quando a gente voltou, você prometeu que isso não ia mais acontecer. Não vou mudar de ideia, não tem mais volta. Acabou. Por favor, para de me ligar. Agora estou ocupado e vou desligar.

Uau, uau, uauuuuuuu! Que bomba! E ninguém me contou, eu ouvi letrinha por letrinha. Nossa, ele estava realmente furioso, deu até medo do garoto. Nunca tinha visto o Caíque falando daquele jeito. O que será que aconteceu entre eles para terminarem assim?

Olhei para a Mari, que estava bem do meu lado e, claro, tinha ouvido tudo. A cara de espanto que ela fez foi tão hilária que não consegui segurar o riso. Estava fazendo um esforço gigantesco para parar de rir quando a galera toda do ginásio começou a gritar. As jogadoras dos dois times já entravam em quadra.

"Meu time é o CEM, não tem pra ninguém!", o pessoal gritava em coro.

Como a maioria ali era do nosso colégio, a gente nem conseguia ouvir os gritos da torcida adversária. O ginásio estava lindo, todo vermelho e branco. Olhei para o lado e a cara do Caíque tinha melhorado bastante. Mesmo assim, achei melhor não puxar papo e prestar atenção no jogo. Quando é que eu ia perder a timidez e falar com ele normalmente, sem ficar com as bochechas vermelhas?

Se eu já achava a Susana alta, as garotas do Colégio Braz eram gigantes. O que elas comiam no café da manhã, afinal? O jogo estava disputado. A Susana estava jogando muito bem, cortava bastante a bola, mas o outro time pegava pesado.

Que nervoso! Tampinha do jeito que eu sou, se levasse uma cortada daquelas, ia virar estatueta de jardim. Quando o jogo acabou e o CEM ganhou, nem acreditei! O ginásio veio abaixo. As meninas do time pulavam e choravam. A minha vontade era de descer logo e ir falar com a Susana.

– Calma, Ingrid! – a Aninha me puxou. – Está uma confusão lá embaixo, vamos esperar esse povo todo sair e a Susana trocar de roupa.

Sentei de novo, tentando me acalmar. Foi aí que me lembrei de olhar para o lado, e o Caíque ainda estava lá. Ele sorriu para mim e falou:

– Parabéns! As MAIS sempre na liderança do CEM – me abraçou, levantou e começou a sair do ginásio.

Ele me abraçou! Para tudo! Fiquei lá com cara de boba, olhando enquanto ele ia embora, sem acreditar que ele tinha feito aquilo. O perfume dele ficou na minha camiseta. Hummm... será que a minha mãe vai me achar muito porquinha se eu não lavar meu uniforme por um tempo?

Liderança do CEM... A Susana suou a camisa e eu ganho abraço e parabéns? Vamos ver... A Aninha é a presidente do grêmio. A Mari agora é a estrela do grupo de teatro. A Susana é a atleta mais querida do colégio. E eu? O que eu faço? Ai, meu Deus! A minha autoestima ficou seriamente abalada. Em que eu contribuo para as MAIS nessa tal liderança de que o Caíque falou? Ele me acha uma líder? De quê? Ai, que vontade de chorar...

Fui obrigada a interromper minha reflexão quando levei um puxão da Mari. O ginásio já tinha esvaziado e era o momento ideal para irmos até o vestiário cumprimentar a Susana. Quando chegamos lá, ela já tinha trocado de roupa e estava com um sorriso de orelha a orelha.

– Parabéns, amiga! – gritamos em coro, enquanto nos jogávamos em cima dela.

– Obrigada, meninas! Hoje não foi nada fácil. Não achei que a gente ia ganhar. As meninas do Colégio Braz são muito boas, foram as campeãs do ano passado.

– E agora, Susana? Quando vai ser a final do intercolegial? – o Guiga perguntou. – Vai ser contra o Pinheiro, né? Conheço gente de lá.

– Vai ser contra o Pinheiro sim – a Susana concordou. – O jogo vai ser muito disputado.

– Como você conhece o pessoal do Pinheiro? – o Lucas perguntou.

– Uma das meninas do time é do meu curso de inglês.

– Opa! Coloca um purgante na água da garota! Menos uma na disputa – a Mari riu.

– Que é isso, Mari? – a Susana deu um tapinha nela. – Nada de golpe baixo.

– Tá bom, tá bom! Não está mais aqui quem falou! Mas ninguém está livre de ter uma dorzinha de barriga, certo?

– Por falar em barriga, estou morrendo de fome! – era a Aninha, pra variar, querendo comer.

– Então vamos rachar uma pizza gigante na praça de alimentação do shopping para comemorar a vitória? – dei a sugestão.

– Oba, Ingrid! – a Susana bateu palmas. – Vamos!

Quando cheguei em casa, para manter o clima descontraído e comemorar o abraço que ganhei do Caíque, assisti ao filme *Letra e música*. Adoro o Hugh Grant! Nada como uma comédia romântica para aproveitar a folga dos deveres de casa.

19
Jéssica bancando o Cupido?

Definitivamente, a Jéssica não é como as outras meninas de 6 anos. Ou quase 7. Ela vai fazer aniversário e está empolgadíssima. É muito esperta e engraçada. Adora conversar como adulta, e precisa ver como ela se mete nos assuntos das MAIS quando as meninas vêm aqui em casa. Sempre tem uma opinião a dar. Até conselho sobre o namoro da Mari e do Lucas ela já deu.

Ela também estuda no CEM, só que à tarde. Minha mãe geralmente vai buscá-la quando volta do trabalho. E, quando a Jéssica chega, conta mil novidades sobre os coleguinhas de turma, os deveres de casa e as atividades que fez.

Só que por essa eu não esperava.

– Ingrid! Ingrid, cadê você? – ela entrou gritando que nem uma desesperada.

– Tô aqui no quarto, Jéssica!

– Ah, você está aí! – ela já entrou pulando na minha cama e colocando meu sutiã na cabeça.

– Para de fazer isso, garota! Toda vez é a mesma coisa! Depois perco um tempão ajeitando as alças, pois você deixa tudo desregulado.

– É tão legal! Quando eu vou ter um só pra mim?

Ingrid apaixonada!

— Você já quer usar sutiã? Olha, acredita em mim. Quando você tiver que usar, vai reclamar. Mas me conta, por que entrou tão desesperada?

— Eu conheci o seu príncipe encantado! – ela falou rodopiando pelo quarto.

— Como assim, Jéssica?

— Você não vive assistindo esses filmes de amorzinho? Chora, suspira e agarra a almofada? – a danadinha me imitou, agarrando o meu travesseiro.

— Ah, é? Foi alguém vestido de príncipe hoje no CEM?

— Ai, Ingrid, você não entendeu nada.

— Então explica, oras.

— Foi assim... Sabe o Caio, da minha classe?

— Eu não conheço seus amiguinhos, Jéssica.

— O Caio é um garoto lá da minha classe, chatiiinho! Hoje eu vi o irmão dele, que foi buscar o Caio. A mamãe demorou pra me buscar, aí eu vi quando o Júnior foi buscar o Caio.

— Júnior? Já está íntima dele, é? – caí na risada.

— Eu estava sentada no banco perto da saída, do lado do Caio. O irmão dele apareceu no portão e o Caio gritou o nome dele. O Júnior entrou, o cadarço do tênis dele estava desamarrado e ele sentou no banco para amarrar. Ele riu pra mim e eu ri pra ele também. Aí eu vi que ele parece um desses caras que você vive suspirando quando vê nos filmes.

— É mesmo, Jéssica? Mas se você disse que o Caio é chatiiinho, o irmão dele deve ser também.

— Eu acho que não. Ele disse que eu sou linda.

— Hummm... se ele te achou linda, então ele é legal?

— Claro, né? Legal e inteligente. Ah! – ela gritou toda animada. – Ele tem 14 anos também.

— Ué, como você sabe?

— Porque eu perguntei, oras.

— Mas, Jéssica! Você fica perguntando a idade dos outros na rua, é?

— Dos outros não. Só do Júnior. E ele não estava na rua, estava no colégio. Viu? Não disse que ele é seu príncipe? É do jeito que você gosta e tem a sua idade.

– Garota, você não é fácil! – me joguei em cima dela, fazendo um monte de cosquinha na barriga. – Vai logo tomar banho antes que a mamãe venha te buscar pela orelha. Você está imunda! Fica rolando pelo chão, é? Nunca vi uma coisa dessas.

Ela saiu correndo do quarto e eu, claro, fiquei rindo.

Júnior. Príncipe Júnior. Deve ser um garoto muito sem graça que anda com o tênis desamarrado. Para os olhinhos de 6 anos da Jéssica, deve ser grande coisa. Vejo bem pelos garotos da turma. Alguns são tão desajeitados... Quando a gente está crescendo, é esquisito. A voz dos meninos muda, as espinhas aparecem. As meninas amadurecem mais cedo. Por que será que isso acontece?

Parei de meditar sobre as questões biológicas do crescimento dos adolescentes e voltei a pensar naquilo que o Caíque me disse: as MAIS sempre na liderança. Eu lidero o quê? Não sou atleta, não sou atriz nem presidente de coisa alguma. Minhas notas estão sempre na média e, com toda sinceridade, não acho que me destaco de verdade em alguma coisa.

O computador estava ligado e procurei na internet uma definição para líder. Achei mais ou menos o seguinte: "O líder exerce influência em um grupo de pessoas, que geralmente fazem o que ele deseja. Mas essa influência não é exercida pela força ou pela intimidação. O grupo respeita o líder e o segue por vontade própria".

Acho que eu estava com uma cara estranha, pois minha mãe parou na porta do quarto e perguntou o que estava acontecendo. Contei toda aquela história de liderança. Ela se sentou na minha cama e começou a rir.

– Poxa, mãe! Eu aqui sofrendo, com a autoestima abalada, e você ri de mim? Muito obrigada! Você sabe que eu sempre tento ver o lado bom de tudo, mas isso realmente me fez pensar.

– Dona Ingrid, você precisa enxergar um pouco mais as coisas.

– Como assim, dona Maria Beatriz? – perguntei intrigada, imitando o jeito dela de falar.

– Você é uma líder. Como não consegue ver isso?

– Eu?

– Claro! Você é uma líder nata e ainda não percebeu.

– Líder nata? Estou realmente confusa com isso, mãe.

– Qual foi a definição que você achou? Ela não fala sobre o poder de influenciar as pessoas?

– Fala.

– E não é o que você faz o tempo todo?

– Eu faço isso?

– Quer exemplos? Quem é a primeira pessoa a falar algo positivo para as amigas quando elas estão com problemas? Você. Quem é que vive sorrindo, afirmando que as pessoas devem ver o lado bom de tudo? Você. Quem foi a mentora da campanha do leite do CEM, ajudando dezenas de crianças? Você.

Comecei a sentir uma falta de ar tremenda. Meus olhos se encheram de lágrimas. E ela continuou:

– Minha filha, o que eu quero que você entenda é que todos nós podemos ser líderes, pois sempre influenciamos as pessoas à nossa volta. Alguns líderes se destacam mais do que os outros, muitas vezes por causa de algumas atividades que realizam. Suas amigas estão expostas à opinião pública, pois exercem atividades que são compartilhadas com muitas pessoas: grêmio, teatro e competição esportiva. Você, do seu jeito, influencia seus amigos, conhecidos e sua família. Não vê como a Jéssica adora te imitar? Ou você não enxerga isso como uma influência? O líder pode ser definido também como aquela pessoa que faz as outras sonharem juntas e ajuda a transformar esses sonhos em realidade. E você escolheu ser uma influência do bem. Tenho muito orgulho de você, minha filha. Minha líder adorada!

Preciso dizer que caí no choro? Adoro a minha mãe. Adoro o jeito como ela me faz enxergar as coisas. Ela está sempre envolvida em tantas tarefas: trabalhar, cuidar da casa, cuidar da Jéssica, dar atenção ao marido, e ainda encontra tempo para ter essas conversas comigo. Ela sim é a minha líder.

20
A carta

Passados alguns dias, a Jéssica falou de novo no tal Júnior. Eu já tinha até esquecido esse assunto.

– Ingrid, o irmão do Caio foi lá no CEM hoje de novo. Eu perguntei se ele tinha namorada.

– Jéssica! Que coisa feia!

– Coisa feia por quê? Eu queria saber.

– Saber por quê?

– Ué... pra saber se ele vai poder namorar você.

– Que vergonha! Você cismou com isso. Ele deve estar achando que eu é que quero saber, não você. Nem sei como é a tal figura do tênis desamarrado! Explica direitinho como você perguntou.

– Foi assim... Eu perguntei: "Júnior, você tem namorada?" Ele respondeu: "Não, por quê?" Aí eu falei: "Porque eu acho que você devia namorar a minha irmã, ela é muito legal e muito linda".

– Muito legal e muito linda. Ãrrã. E ele respondeu o quê?

– Nada, só ficou rindo.

– Mas é lógico que ele tinha que rir.

– Ele perguntou o seu nome. Eu falei e contei que você estudava de manhã, no nono ano. Que era uma baixinha que tinha uma mochila rosa e tudo que tem dentro dela também rosa. Ele fez uma cara engraçada e falou que sabe quem você é.

— Sabe quem eu sou? Ai, caramba! Não lembro de nenhum Júnior no CEM. E precisava me chamar de baixinha?

— E você é alta, Ingrid? – ela debochou com as mãozinhas na cintura e encerrou o assunto por ali.

Contei para as MAIS sobre a tentativa da Jéssica de me arrumar um namorado.

— A Jéssica é uma figura! – a Aninha riu.

— Mas quem será esse Júnior? – a Susana fez uma cara pensativa, tentando se lembrar de todos os Júniors do CEM.

— Pessoalmente não conheço nenhum – a Mari falou. – Ninguém que seja chamado de Júnior, pelo menos. Será que é mesmo do CEM? Qual é o primeiro nome?

— Não sei, esqueci de verificar esse detalhe. Acho que é do CEM sim. Se o irmãozinho estuda à tarde e ele disse que me conhece, deve estudar de manhã. Acho que vou buscar a Jéssica hoje para ver esse garoto de uma vez por todas.

— Que é isso, Ingrid? Traindo o Caíque? – a Aninha brincou. – Logo agora que ele terminou com a Daniela e o caminho está livre?

— Se eu tivesse alguma coisa com ele, mas nem isso tenho. Por enquanto, só tenho sorrisos e roçadas de braço. Ah, sim, e um abraço!

Fiquei esperando a Jéssica na saída. Adivinha? A empregada foi buscar o Caio. E eu só soube disso porque a Jéssica me contou, pois quando eu cheguei ao CEM o garoto já tinha ido embora. Fui lá à toa.

— Não vai adiantar você ir lá essa semana. A empregada vai buscar o Caio todos os dias. Ele que me disse.

— Então você vai fazer o seguinte, Jéssica. Você vai perguntar para o Caio o nome do irmão. Ou do pai dele. Quando o menino é chamado de Júnior, é porque tem o mesmo nome do pai.

No dia seguinte, assim que a Jéssica chegou, fui logo perguntando.

— E aí, descobriu? Qual é o nome do Júnior?

— O Caio não me contou.

– Por quê?

– Ele disse que o Júnior pediu pra ele não contar o nome dele, porque sabia que você ia perguntar.

– Sabia? Mas que garoto mais metido! E o nome do pai dele?

– Ele também não falou. Disse que você também ia me perguntar isso.

– Qual é o sobrenome do Caio?

– Não sei.

– Ele tem perfil na internet?

– Não, a mãe dele não deixa. Ai, quanta pergunta! Você está me deixando tonta, Ingrid!

– Mas foi você que começou com essa história. Onde o Caio mora?

– Eu não sei! Eu não sei! – ela gritou de cara enfezada. – Eu tô com fome e cansada. Você tá me chateando!

Saiu do quarto batendo o pé. Quando a Jéssica fica brava, perde a paciência com todo mundo. Nem adianta falar mais nada, pois ela começa a gritar e minha mãe fica logo nervosa. E aí sobra pra quem? Pra mim, claro. Ela começa o discurso de que eu sou a irmã mais velha, tenho que dar o exemplo, tenho que entender que ela ainda é pequena para compreender certas coisas, blá-blá-blá. O sermão não acaba nunca. Então, para não piorar as coisas, resolvi ficar quieta.

Dois dias depois, a Jéssica chegou toda eufórica com um papel na mão.

– O Júnior mandou uma carta pra você!

– Uma carta pra mim?

– Eu falei pra ele que você tinha ido me buscar no CEM para ver quem ele era. Aí, ele pegou o caderno do Caio e escreveu isso pra você.

Peguei a folha de caderno sem acreditar. Uma carta? A letra era de forma. Danadinho! Sinal de que estava disfarçando a caligrafia. Comecei a ler.

As MAIS

> OI, INGRID.
>
> FIQUEI SABENDO QUE VOCÊ VEIO BUSCAR A JÉSSICA E QUE INFELIZMENTE EU NÃO ESTAVA. NOS PRÓXIMOS DIAS NÃO VOU PODER VIR BUSCAR O MEU IRMÃO, VIM HOJE POR ACASO, ENTÃO NÃO VAMOS NOS ENCONTRAR.
>
> TE VEJO TODOS OS DIAS NO CEM, MAS VOCÊ NEM SABE QUEM EU SOU. ESTOU GOSTANDO DESSE JOGO DE SABER SOBRE VOCÊ, MAS VOCÊ NÃO SABER DE MIM.
>
> OUTRO DIA, ESTAVA TROCANDO DE CANAL NA TV À TARDE, SEM TER MUITO O QUE FAZER. ACABEI PARANDO EM UM FILME EM QUE UMA GAROTA MANDAVA UMA CARTA DE AMOR ANÔNIMA. COMO VOCÊ ADORA ESSE TIPO DE FILME, RESOLVI ESCREVER. ACHO QUE VOCÊ VAI GOSTAR DO SUSPENSE!
>
> VAMOS NOS CONHECER NO ANIVERSÁRIO DA JÉSSICA. SERÁ QUE VOCÊ AGUENTA O MISTÉRIO ATÉ LÁ?
>
> BEIJOS,
>
> JÚNIOR

Ele sabe que eu gosto de filmes de amor? Gente, quem é esse garoto?

Fiquei curiosa para saber que filme era aquele. Entrei na internet para ver a programação da TV na semana e encontrei! Era *Admiradora secreta*, um filme meio antigo que já vi um monte de vezes. É um dos clássicos dos anos 80. As cartas anônimas acabam parando em mãos erradas e causam uma confusão enorme. É uma comédia romântica muito legal!

Que fofo! Esse Júnior estava começando a me interessar. Quer dizer que ele ia ao aniversário da Jéssica? A festa ia ser em uma semana. *Acho que consigo segurar a curiosidade por mais alguns dias. Tudo bem. Se ele quer brincar de esconde-esconde, topei a brincadeira. Vai ser divertido esperar até lá.*

21
A grande final do intercolegial

Esqueci de comentar que a Daniela, ex do Caíque, estuda no Pinheiro. A final do intercolegial de vôlei ia ser entre o CEM e o Pinheiro. A organização marcou a final no ginásio de um clube, por ser um local neutro. Não se falava em outra coisa no CEM. O jogo foi marcado para uma sexta-feira e o colégio ia em peso prestigiar as meninas do vôlei. Cinco ônibus foram alugados para levar todo mundo.

Já contei que, de nós quatro, a Susana é a que mais entende de tratamentos de beleza? Como ela treina quase todo dia, sua muito e os cabelos ficam um pouco maltratados por estar sempre presos. Ela mantém uma rotina de beleza, cuidando das unhas, dos cabelos e da pele. É só uma de nós precisar de uma mãozinha em alguma coisa relacionada a estética que a Susana ajuda dando dicas. Mas durante as semifinais, e especialmente às vésperas da grande final, minha amiga ficou tão nervosa que esqueceu os cuidados com as unhas e as roía sem parar.

– Tira esse dedo da boca, dona Susana! – a Aninha deu um peteleco de leve na mão dela.

– Ai! Não consigo parar de roer. Estou muito nervosa.

– Por quê, Susana? Vocês treinaram bastante e se destacaram durante todo o campeonato – a Mari afagou os cabelos dela. – Vai dar tudo certo.

– O Pinheiro é bem forte. Mas tem outra coisa que está me preocupando. Minha mãe está implicando com os jogos, acha que está prejudicando meus estudos. Fala disso todo santo dia.

– Sério? – perguntei preocupada. – Você sempre conseguiu conciliar os estudos e os jogos e deu tudo certo.

– Estou meio mal em matemática. Preciso me recuperar esse bimestre para ela largar do meu pé. Eu avisei que esse jogo era muito importante, pedi para ela vir assistir. Mas ela disse que não podia. Aliás, ela nunca pode. Isso me deixa bem chateada.

– Tenta não se preocupar com mais de uma coisa agora, amiga – a Aninha falou, enquanto abocanhava uma porção de jujubas. – Se concentra no jogo e depois a gente te ajuda com a matemática. Quando você ganhar a medalha do intercolegial, tenho certeza que a sua mãe vai ficar orgulhosa.

– Isso! – falamos em coro. – Rumo à vitória!

O jogo estava marcado para as três da tarde. Nossos ônibus e os do Pinheiro iam chegando e aos poucos entramos no ginásio. No lado do CEM, o vermelho e branco imperava. Já o outro lado foi tomado pelo azul e amarelo do Pinheiro. Como o trajeto até o ginásio demorou, eu, com essa minha eterna vontade de fazer xixi a cada minuto, fui com a Mari ao banheiro, enquanto a Aninha, o Lucas e o Guiga guardavam nossos lugares. No caminho, vi a Daniela conversando com o Caíque. O clima parecia normal, não notei nenhum sinal de briga, como tinha visto naquele dia ao celular. Eles sorriam um para o outro, e meu coração ficou meio apertadinho. Será que eles iam voltar pela milésima vez?

– Anda, Ingrid! – a Mari me apressou. – Deixa esses dois pra lá um pouco. O jogo vai começar em cinco minutos e temos que voltar logo.

Corremos de volta para a arquibancada. Vi quando o Caíque voltou e sentou na fileira de baixo. Ele olhou para cima e sorriu para mim. Que estranho. Ah, mas que importava? Foi um sorriso lindo e me deixou superanimada para torcer pela minha atleta favorita.

Foi o jogo mais longo e tenso da minha vida! Estava tão difícil quanto o da semifinal. Com um agravante: a Susana se machucou no fim do segundo set e foi para o banco. Ela caiu de mau jeito e saiu da quadra mancando. Que falta de sorte! Imediatamente arrumaram um saco com gelo e ela ficou todo o terceiro set sentada no banco. Foi o set decisivo, e ela gritava, incentivando as outras meninas. Quando o CEM marcou o ponto final e foi declarado campeão, não consegui segurar o choro. Chorei feito bebê. A Susana esqueceu a dor e pulou com as colegas de time.

A cerimônia de entrega das medalhas seria trinta minutos depois. O time do Colégio Braz, que ficou em terceiro lugar, já tinha chegado. As meninas do CEM e do Pinheiro trocaram de roupa e já estavam aguardando o início da cerimônia. Foi sensacional quando o CEM recebeu a medalha de ouro! A Susana estava linda e muito feliz. Espero que essa vitória acalme um pouco a mãe dela. A Susana não pode parar de jogar de forma alguma.

Entramos no ônibus e sentei perto da janela. Estava distraída olhando o movimento dos alunos quando escutei uma voz conhecida.

– Viu? Como eu falei: sempre na liderança.

– Oi, Caíque – respondi surpresa.

– Posso sentar aqui?

– Cla-claro!

Fiquei olhando para ele feito boba. E ele sorriu. Ele e a sua nova mania de sorrir para mim e me deixar nas nuvens.

– O jogo foi sensacional, né? – ele puxou papo.

– Foi mesmo. O CEM finalmente ganhou nos intercolegiais. Por dois anos seguidos, ficamos em terceiro lugar.

– A Susana deve estar feliz da vida! Pena que se machucou no meio do jogo.

– Verdade. A vida tem dessas coisas. O importante é que ela não ficou triste.

– E você, Ingrid? Não vai se arriscar em algum esporte?

– Eu? Hahahaha! Não. Sou uma negação em qualquer esporte. Prefiro ajudar a Aninha com as atividades do grêmio.

– Acho que ano que vem vou tentar o basquete. Mas, mudando de assunto, reparei que não tenho você no MSN. Anota o teu endereço pra eu te adicionar.

As MAIS

Peguei uma folha de um bloquinho na mochila e anotei com a minha caneta cor-de-rosa perfumada. Quando entreguei o papelzinho a ele, o ônibus estacionou em frente ao CEM. Ele colocou o papel no bolso da calça, sorriu (de novo!) e se despediu.

Claro que as MAIS me zoaram por causa disso. Mas deixei bem claro que foi uma conversa tão bobinha que nem era para se animarem tanto.

À noite não acessei a internet. Estava muito cansada daquela agitação toda e acabei pegando no sono no sofá. Levei uns cutucões da minha mãe e fui me arrastando para o quarto. O fim de semana foi tranquilo, praticamente não saí. Organizei algumas coisas no meu quarto, tirei boas sonecas e ouvi música. No sábado de manhã, nem tinha acordado direito, fui intimada pela minha mãe a arrumar meu guarda-roupa, que, segundo ela, estava quase se transformando em um portal para outra dimensão. Acho que ela quis dizer que o meu guarda-roupa ia se tornar o mais novo portal para Nárnia, como nos livros do C. S. Lewis.

Só entrei na internet no sábado à noite. Quando acessei o MSN, já tinha a solicitação do Caíque para adicioná-lo. Senti que fiquei vermelha. Eu, hein? Ficar vermelha para o computador já é demais. Quando o adicionei, vi que ele estava online. *Falo alguma coisa? Ou espero ele falar comigo? Ele pediu o meu MSN, então deve falar comigo primeiro. Ou não? Ai!* Quer saber de uma coisa? Dei um olá.

Que máximo! De vez em quando é bom ser corajosa e tomar a iniciativa. Tudo que não conversávamos pessoalmente no colégio, conversamos pelo MSN. Adorei aquele papo virtual. Confesso que fiquei um tanto decepcionada, pois esperava que ele me chamasse para sair ou algo do tipo, mas não rolou nem um convitezinho. Não sei como, no domingo abordei o assunto Daniela. Ele me disse que ia dar um tempo em namoros, pois aquele o tinha deixado bem chateado. Entendi, finalmente, por que ele não me chamou para nada. Preferiu o contato virtual ao pessoal. Vou torcer para que esse trauma pós-Daniela passe rapidinho.

E por falar em trauma, tadinha da Susana. Ela ainda está traumatizada por causa do Stewart. Eles começaram a namorar, mas depois de uns meses ele voltou para os Estados Unidos. Mesmo sabendo que isso ia acontecer, ela ficou muito triste quando ele foi embora. Fora que o pessoal diz por aí que ela é metida. "A Susana não quer saber de brasileiro, só namora gringo." Ai, como esse povo fala bobagem, viu? Ela só teve um namorado na vida e calhou de ser americano. Qual o problema?

Como a Mari e a Aninha iam ao cinema com os namorados, ela veio para cá no domingo à tarde e ficamos vendo filme.

– E o Stewart, Susana? Continua falando com ele?

– Sim, ele manda e-mail. No começo, assim que ele voltou pra casa, me escrevia quase todo dia. Agora, é um por semana e olhe lá.

– É natural, né? Namorar à distância é complicado. Já é difícil namorar morando em cidades vizinhas, imagine em países diferentes.

– Eu sei. Quando ele foi embora, lembra como eu chorei? Nossa, foi horrível. Agora já passou.

– Logo você vai arrumar outro namorado, amiga!

– Só não pode ser no CEM. Aqueles garotos batem no meu ombro! Olha, Ingrid, eu adoro jogar vôlei. Mas ser alta desse jeito às vezes me atrapalha.

– Você vai falar de altura justo comigo? A rainha dos nanicos?

Começamos a rir e fomos para a cozinha comer algo. Esses assuntos do coração dão fome.

E, para fechar a noite, vimos *Cartas para Julieta*. Que filme mais fofo! Fui dormir sonhando em um dia conhecer Verona. Itália, me aguarde!

22
A festa de aniversário da Jéssica

Bolo de chocolate. Brigadeiro. Cachorro-quente. Tem coisa melhor do que festa de criança pra gente comer muuuuito? A mais empolgada, claro, é a Aninha. Ela cria uma lombriga de estimação naquela barriguinha magra, só pode. É bem possível que ela coma todos os salgadinhos e docinhos da festa e não engorde um grama.

Minha mãe e meu padrasto resolveram fazer a festa da Jéssica aqui mesmo, no salão de festas do meu prédio. Acordei cedo para ajudar a minha mãe a arrumar as mesas alugadas e enfeitar o salão. O tema da festa era As Princesas – Bela Adormecida, Cinderela, Branca de Neve e todas as princesas do mundo encantado que fazem os contos de fadas ainda mais apaixonantes. A que eu mais gosto é a Ariel, a pequena sereia. Afinal ela é ruivinha, assim como eu! O bolo e os docinhos foram presente da minha avó materna, e os salgadinhos, da avó da Jéssica, mãe do meu padrasto. Ela é tão fofa que faz questão que eu a chame de avó também. Festa patrocinada pelas avós é tudo de bom, é ou não é?

Já que elas ficaram encarregadas das guloseimas, eu e minha mãe compramos os enfeites. Como tudo no centro da cidade é mais barato, uma semana antes fomos até lá e compramos sacolas e mais sacolas de enfeites de princesas e bexigas coloridas. Na hora de comprar, ninguém lembrou que alguém tinha que encher as bexigas. Adivinha quem ficou bicuda e bochechuda a manhã inteira soprando aquelas bolas? Euuuuuu! A Jéssica achou muito divertido até a quarta bola. Na verdade ela cuspia mais do que soprava, então achei até melhor quando ela largou o serviço pela metade. Tudo melhorou quando a Susana veio me ajudar. Ela passou apenas uma horinha comigo. Com o fôlego de atleta em dia, enquanto eu enchia uma bexiga, ela enchia duas. Ficou mais claro do que nunca que preciso fazer alguma atividade física, urgente!

À tarde, quando as MAIS chegaram, a festa já estava bombando. Vou explicar a palavra "bombando" nesse contexto: crianças correndo, refrigerantes derramados pelo caminho, um garoto com restos de empadinha no cabelo e uma competição de quem gritava mais alto. O momento mais tranquilo da festa, quando elas se sentaram e ficaram quietinhas como uns anjinhos, foi quando o mágico que o meu padrasto contratou começou a fazer brincadeiras. Realmente, um momento mágico.

– E aí, Ingrid? O tal Júnior apareceu?

– Que nada! O Caio é aquele menino ali, de camisa verde. A Jéssica disse que o "príncipe Júnior" ia vir com o irmão, mas quem veio foi a avó dele. E ele escreveu na carta que ia vir. Mentiroso! Deve estar rindo da minha cara e ainda faz de cúmplice um menino de 7 anos.

– Estou achando que esse garoto está fugindo. Vai ver tem namorada e não quis aparecer – a Aninha falou, se deliciando com um salgadinho.

– Acho que não – a Mari opinou. – Vai ver ele ficou com vergonha. Seriam muitas testemunhas para ele aparecer, não acham?

– Não aguento mais de curiosidade! – a Susana falou, tão revoltada que a gente caiu na risada. – Até eu quero esperar a Jéssica na saída do CEM só para ver esse príncipe misterioso. Em plena era da internet, a gente não consegue descobrir nada. Eu, hein?

– Se você não aguenta mais de curiosidade, Susana, imagina eu!

Depois da apresentação do mágico, foi hora de cantar parabéns e cortar o bolo, e meu padrasto deu à Jéssica o presente tão esperado: um celular.

– Jéssica, você é danada! Perturbou tanto o juízo do seu pai que ele te deu um celular de presente. E com câmera e internet! Você não é muito nova pra isso, não?

– Muito nova, Ingrid? Tô fazendo sete anos! Já tô velha! Eu era a única da minha classe que não tinha celular, já estava com vergonha. Agora sim, tô igual a todo mundo.

Quando vi o salão de festas vazio, nem acreditei. Como ficamos pra lá e pra cá recebendo os convidados, minha mãe guardou salgadinhos e docinhos para comermos mais tarde. E sobrou bastante bolo também. Mesmo assim, a Jéssica repetiu trezentas vezes que era para separar um pedaço de bolo para o Júnior, que ela ia entregar no dia seguinte, já que ele não tinha ido à festa.

– E por que você não mandou o pedaço de bolo pelo Caio? – perguntei.

– Porque eu quero entregar pra ele. Ai, minha irmãzinha, você não entende nada mesmo. Será que eu tenho que te ensinar tudo?

– Como assim, Jéssica? – comecei a rir da pose da pirralha.

– Desse jeito, ele vai ser obrigado a buscar o Caio amanhã. E aí você vai me buscar e finalmente vai conhecer o Júnior.

– Ah, você é esperta mesmo! Será que vou desvendar esse mistério de uma vez por todas? Só quero ver, hein?

– Você vai gostar dele, pode acreditar em mim!

No dia seguinte, eu estava toda entusiasmada para conhecer o tal príncipe da Jéssica. Arrumei o cabelo e coloquei um vestido bem bonito. Depois de exatos cinco minutos que eu tinha saído, caiu o maior temporal. Eu estava tão preocupada com o encontro com o príncipe misterioso que não percebi que o tempo tinha fechado. Tive que ficar embaixo da marquise da farmácia esperando a chuva passar. Foi incrível, demorou apenas dez minutos e parou. Segui de novo o caminho para o CEM. Nisso, um ônibus passou em alta velocidade em cima de uma poça e tomei um banho de água suja da cabeça aos pés! Ou seja, toda a minha produção ficou arruinada. Voltei para casa e liguei para a minha mãe buscar a Jéssica. Tive que me enfiar debaixo do chuveiro para tirar toda aquela água nojenta de mim. Uma meia hora depois elas chegaram.

– Não acredito que você não foi, Ingrid!

– Você viu o estado que o meu vestido ficou? E aí, o tal Júnior apareceu?

– Apareceu sim. E dei o pedaço de bolo. Ele adorou!

– Que pena – falei decepcionada. – Não foi dessa vez que eu conheci o garoto. Paciência.

– Ah, mas você vai conhecer ele sim. Esqueceu que agora eu tenho celular com câmera?

– Não vai me dizer que você tirou foto dele?

– Não tirei foto dele. Tirei foto *com* ele.

A Jéssica pegou o celular na mochila e correu para me mostrar. Quando vi a foto, quase caí para trás de susto. Era ele, sorrindo abraçado com a Jéssica. O Caíque!

– Jéssica! Mas esse é o Caíque!

– Ué, você conhece?

– Ele é da minha turma do CEM! Mas eu não estou entendendo. Por que você chama o Caíque de Júnior?

– Eu escuto o Caio falando Júnior, então eu também falo assim.

Não acredito! Era o Caíque o tempo todo! Fiquei me sentindo uma perfeita idiota. Eu e as MAIS vasculhamos todos os garotos da escola com Júnior no nome. O Caíque não era Júnior. *Ai, meu Deus do céu! Que vergonha! Que mico! Por que ele não falou nada? Por que ficou brincando comigo desse jeito?*

A minha vontade era tirar aquela história a limpo por telefone na mesma hora. Teclei o número dele várias vezes, mas não deixei a ligação completar.

Entrei em conferência com as MAIS no MSN e elas ficaram pasmas. Meus dedos ficaram doloridos de tanto digitar contando toda a história.

Aninha diz:
    Amigaaaa!! Será que você ainda não entendeu?
Ingrid diz:
    Entendi o quê?

Ingrid apaixonada!

Mari diz:
Hahaha! A mais romântica das MAIS e a mais lenta também.

Ingrid diz:
Eu, lenta?

Susana diz:
Ô, doida! Você ficou tão revoltada de ter sido enganada pelo Caíque na história que não prestou atenção no principal detalhe.

Ingrid diz:
Que detalhe?!

Aninha diz:
Ingrid, amiga!! O Caíque tá a fim de você!

Ingrid diz:
A fim de mim?? Ai, meu Deus!

Mari diz:
Que emoção! Finalmente vai acontecer!

Susana diz:
Uhuuuu!!

Sério?! Vou ter um treco! Precisei sair do MSN, porque minhas mãos tremiam tanto que eu não conseguia mais digitar. Peguei novamente a carta que ele me mandou. Ele assistiu a *Admiradora secreta* e se lembrou de mim? Ahhhh... As peças começaram a se encaixar na minha cabeça. Por isso a nova mania de sorrir para mim. Agora ele sabia que eu sabia. Como ia ser no colégio no dia seguinte?

Para me acalmar, acendi um incenso de erva-doce e fiz um relaxamento, mentalizando a cor violeta, que aumenta o magnetismo pessoal e acalma o coração. As meninas estavam certas. Ele podia ter brincado comigo, mas se fez tudo isso era porque gostava de mim. E eu, que sempre vivi esse amor platônico, de repente fiquei sem saber o que fazer.

Minha mãe é fã do Lenine e me peguei pensando na letra de uma música que ela adora. O nome da música é "Paciência", e os versos vinham bem a calhar naquele momento.

As MAIS

Mesmo quando tudo pede
Um pouco mais de calma
Até quando o corpo pede
Um pouco mais de alma
A vida não para...

Então tudo bem, vida... Te espero amanhã.

23
A revelação

Para variar só um pouquinho, cruzei os portões do CEM com vontade de fazer xixi, de tanto medo que estava de encontrar o Caíque. Não sabia a reação que teria ao encontrá-lo.

Quando o sinal tocou, entramos na sala e nos sentamos. Ele chegou logo em seguida, passou pela fileira de cadeiras, como faz todos os dias, e parou diante de mim.

– Oi – sorriu.

– Oi, Caíque – tentei agir com a maior naturalidade possível.

– Precisamos conversar... – ele disse e colocou a mão no meu braço.

– Acho que sim.

– A Eulália está entrando, a gente se fala depois.

O burburinho cessou por alguns instantes para a coordenadora falar.

– Pessoal, o professor Gustavo ligou dizendo que teve um problema com o carro e não vai conseguir chegar a tempo. Portanto, vocês terão esse horário vago. Como sei que não conseguem ficar de boquinha fechada, imagino que daqui a pouco vão colocar essa sala abaixo. E ainda vão atrapalhar as aulas das outras turmas. Então podem seguir para o pátio. Sem barulho, ouviram bem?

Antes que eu pudesse pensar no que fazer naquele tempo vago, o Caíque falou que aquela seria uma ótima oportunidade para conversarmos. Fiz que sim com a cabeça e seguimos para o pátio. As MAIS olharam discretamente. Sentamos em um banco perto da cantina.

– Imagino que a sua irmã mostrou a nossa foto – ele riu como um garotinho que acabou de aprontar, esperando a bronca.

– Mostrou sim, senhor Júnior – não aguentei e tive que rir da cara que ele fez.

– Você ficou chateada comigo?

– Chateada não é bem a palavra, Caíque. Acho que fiquei surpresa. Só quero entender o motivo da brincadeira.

– Não foi brincadeira.

– Como não? Se nem Júnior de verdade você é?

– Na maioria das vezes, quem ia buscar o Caio na saída era a minha mãe. Ela mudou de emprego e, com o horário novo, ficou complicado buscar o meu irmão. Então comecei a me revezar com a empregada. Foi aí que eu conheci a Jéssica.

– Só não entendo por que você mentiu dizendo que seu nome era Júnior.

– Eu não menti. Você está certa, eu não sou Júnior de verdade. Mas sou a cara do meu pai! E lá em casa começaram a me chamar de Júnior de brincadeira, quando eu era pequeno. Só que aí pegou. Na rua, no CEM, meus amigos todos me chamam de Caíque. Mas em casa todo mundo só me chama de Júnior. Parece estranho, mas é verdade.

– Enganando uma menina de 7 anos. Que coisa feia!

– Ingrid, por favor, deixa eu explicar.

– Tudo bem, continua.

– Ela é uma menina muito esperta e divertida. Não fala como as meninas da idade dela, mas isso você já deve saber. Ela é muito sincera e começou a falar de você com tanto carinho. Acho que ela é a sua maior fã! O meu namoro com a Daniela foi muito maluco, e eu tinha jurado pra mim mesmo que não ia namorar outra garota tão cedo. Mas ela foi contando sobre você e fiquei interessado em descobrir mais sobre a irmã da Jéssica. Foi só na terceira vez que entendi que era você. Preferi não falar nada. Não sei explicar por quê, só sei que eu gostei de saber mais sobre você.

— Gostou de saber? – a pergunta saiu sem querer, e senti que fiquei vermelha.

— Até onde eu sei, crianças não mentem. Tá, tudo bem, podem mentir sim, mas são mais sinceras que muito adulto. Eu quis saber quem você era de verdade. Passei a te observar mais e vi que tudo que a Jéssica falou era pra valer: que você era amiga, divertida e principalmente linda.

Dessa vez fiquei realmente corada. Meu coração batia tão forte que eu tinha medo que ele pulasse pela boca. Sem querer, comecei a olhar para os meus joelhos. Eles tremiam, tadinhos.

— Você ainda está com raiva da brincadeira?

— Não muita... – respondi rápido demais, quando deveria ter feito um suspense. – Está passando.

— Ótimo! – ele sorriu e colocou aquela mãozona no meu braço. – Até porque a gente tem uma missão no fim de semana.

— Como assim?

— A Jéssica não te contou? Como castigo por não ter ido à festa de aniversário dela, vou ter que levar sua irmã e o Caio ao cinema no sábado.

— Sério? Que programão, hein? – fiz uma careta. – E qual vai ser o filme?

— Eu não lembro o nome. Mas se não me engano é sobre coelhos alienígenas.

— Coelhos alienígenas? Caramba! Esse filme deve ser uma porcaria – não consegui segurar o riso.

— E tem mais! Depois do filme, vai ter hambúrguer com batata frita.

— Você quer mesmo fazer esse programa em pleno sábado, Caíque? Bancar a babá de duas crianças?

— Quer que eu deixe uma garotinha de 7 anos completamente decepcionada? – ele simulou uma cara de contrariedade, colocando a mão no peito.

— Acho que não.

— Então, temos um encontro.

O horário vago passou como um relâmpago. Voltamos para a sala e eu não conseguia acreditar no que estava acontecendo. Quando contei para as MAIS sobre o meu encontro duplo para o sábado, elas riram muito. Nem preciso falar que a Mari chorou de rir. Durante as aulas, as risadas paravam. Mas era só a Mari olhar para mim e começava tudo de novo. Na aula de geografia, ela não perdeu a piada. "Onde será que fica o planeta Coelhópolis?" Desenhou um brasão com o símbolo de uma cenoura com dentões.

– Ingrid! – ela sussurrou. – Fiquei com inveja de você. Acho que vou falar com o Lucas pra gente levar a Larissa, priminha dele. O que você acha?

– Maria Rita, vai pegar no pé de outra, vai.

A raiva já tinha passado. Eu estava até respirando melhor. Mas não culpo as meninas, a situação era mesmo engraçada. Será que, além de mim, mais alguém no planeta Terra (ou em Coelhópolis) teve o primeiro encontro com o garoto dos seus sonhos dessa maneira? Vou sugerir o roteiro para Hollywood.

24
Os coelhos alienígenas

No sábado, eu não sabia se ria ou se chorava. Esperei tanto por essa oportunidade e, quando ela finalmente acontece, preciso bancar a babá. *Mentaliza positivo, Ingrid!* Resolvi relaxar e acendi um incenso de anis--estrelado, para atrair boa sorte.

Preciso falar que a Jéssica era a empolgação em pessoa? Meia hora antes do horário combinado para irmos ao shopping, ela já estava pronta e não parava de entrar e sair do meu quarto.

– Anda logo, Ingrid! A gente vai se atrasar!
– Calma, garota! Quer que eu vá feia, é?
– Você tá demorando muito.
– Mas ainda falta meia hora!
– Se a gente perder o filme, a culpa é sua!

Ela me perturbou tanto que acabamos saindo mais cedo. Quando chegamos ao shopping, o Caíque já estava lá com o irmão. A gente se cumprimentou e foi a primeira vez que o vi com a Jéssica. Ela era fascinada pelo Caíque, incrível! E ele a tratava com muito carinho, que fofo. Compramos as entradas e as pipocas.

Nunca vi um filme tão surreal. Os tais coelhos alienígenas eram muito doidos e aprontavam um bocado com os terráqueos. A Jéssica e o Caio riam tanto que eu e o Caíque não tínhamos como não rir também. Até que a espaçonave mãe resgatou os coelhos doidos fujões e o filme acabou.

Ao sair do cinema, a Jéssica bateu palmas e nos lembrou da segunda parte do programa.

– Oba, vamos comer hambúrguer!

– Jéssica, você se entupiu de pipoca dentro do cinema e ainda quer comer hambúrguer?

– Claro, Ingrid! Eu quero a promoção que dá o boneco de coelho do filme.

– Eu também quero! – gritou o Caio.

– É... Pelo visto, a coelhada continua! – o Caíque caiu na risada.

Compramos os sanduíches e nos sentamos na praça de alimentação. Sabe o que o Caio fez? Abriu o pão e enfiou lá dentro mais da metade da porção de batata. Depois abocanhou aquele troço gigantesco. Inacreditável! Como um menino tão pequeno pode ter um bocão daquele tamanho?

Quando pensei que a sessão espanto tinha terminado, adivinha só? Ouvi uma voz familiar atrás de mim.

– Oi, gente! – a Aninha falou toda animada. Como se eu não conhecesse aquele sorrisinho sarcástico dela.

– Oi, Ana Paula – o Caíque sorriu e cumprimentou o Guiga em seguida.

– Vamos entrar no cinema agora. E a fominha da sua amiga não aceita só pipoca, precisa de uma porção gigante de batata. Viemos comprar e já estamos indo – o Guiga disse.

– Peraí! – ela falou enquanto abria a bolsa. – Posso tirar uma foto de vocês quatro?

Ok. Vamos esquecer toda a minha pose de boa moça, pensamento positivo, paz e amor. Será que eu vou presa se matar a minha melhor amiga só um pouquinho? Só uma estranguladinha básica?

A Jéssica e o Caio se empolgaram, fazendo pose com os bonecos de coelho. Eu e o Caíque não tivemos alternativa e posamos para a foto.

– Ah, ficou linda! Depois mando pra vocês pela internet. Tchau! – e saiu de fininho a cara de pau.

Ingrid apaixonada!

O meu padrasto nos buscou de carro na saída do shopping. Deixamos o Caíque e o Caio e seguimos para casa. Foi só virarmos a esquina para a Jéssica dormir esparramada no banco de trás.

Quando chegamos em casa, foi a minha vez de me esparramar, só que na minha cama. Fiquei me lembrando de tudo que tinha acontecido. Apesar dos coelhos loucos e do sanduíche de batata frita do Caio, foi muito divertido. Na verdade, acho que a parte divertida estava justamente aí. A gente deu muita risada, comeu, conversou.

Mas tudo aconteceu de maneira bem superficial. O Caíque sorria para mim, daquele jeito que me tirava o fôlego, mas não percebi nada que pudesse confirmar que ele gostava de mim.

Liguei o computador e ele não estava online. Ele não comentou se tinha outro programa para mais tarde. Será que ia sair? Fiquei com uma pontinha de ciúme. Fui arrancada dos meus pensamentos pela minha mãe, gritando lá da cozinha. Ela tinha feito a receita secreta de família de pizza de atum. Vou ter que fechar a boca o resto da semana! Pipoca, hambúrguer e pizza, tudo no mesmo dia? Não sou que nem a Aninha, que tem uma lombriga de estimação.

E por falar em Aninha, por volta da meia-noite ela me ligou no celular.

– Oi, amiga! Desculpa a hora, mas sei que você dorme tarde no sábado. Ainda bolando um plano para me matar sem deixar pistas?

– Claro que não! – ri do jeito que ela falou. – Cadê a foto?

– Acabei de mandar pro seu e-mail. E aí, como ficaram as coisas?

– Não sei.

– Como não sabe?

– A gente comeu, andou um pouquinho e depois veio embora.

– E ele não tentou nada?

– Tentou o quê?

– Ai, Ingrid! Tentou te beijar, pegar sua mão, te abraçar, sei lá! Qualquer coisa.

– Nadica de nada. Aninha, essa ida ao cinema hoje foi muito divertida, mas ao mesmo tempo um micão danado. Acho que, quando estava naquele joguinho de esconde-esconde, era mais divertido para ele. Quando partiu para o mundo real, perdeu a graça.

– Será? Não sei... Olha, amiga, você está sendo muito contraditória.

– Como assim?

– Você não é a rainha do pensamento positivo? Então? Relaxa! Vamos esperar para ver no que vai dar.

Desligamos e acessei meus e-mails. A foto tinha ficado maravilhosa! Apesar de estar com pouca tinta na impressora, imprimi e colei na porta do armário da Jéssica. Quando ela acordasse, ia dar pulinhos de alegria. Voltei para o quarto e fiquei olhando a foto na tela do computador. Os quatro sorrindo com cara de felicidade. A Aninha estava certa. Vamos esperar para ver no que vai dar.

25

Arpoador

Acabei acordando tarde no domingo. Fiquei com uma preguiça imensa de levantar. Mas meu estômago me obrigou a sair de debaixo das cobertas e fui me arrastando para a cozinha. Minha mãe tinha feito bolo de fubá! Eu amo esse bolo. Comi duas fatias, estava uma delícia. Missão da semana: pegar umas dicas de dieta e exercícios com a Susana, minha assessora particular de beleza.

Depois segui para o computador. Dei uma olhada na programação de filmes da semana e resolvi dar uma fuxicada básica pelos perfis. Vi a foto da Daniela e meu dedinho, por vontade própria, clicou nela. Detalhe do perfil: namorando. De repente eu esqueci de respirar. Namorando? *Será que ela e o Caíque voltaram? Foi por isso que ele sumiu depois do cinema?*

Com o coração aos pulos, dei uma olhada nas fotos mais recentes. E, em menos de vinte segundos, a vida se tornou mais colorida outra vez. Ela estava namorando sim, mas o Renato, aquele chatinho da minha turma. Dois chatinhos juntos, que casal perfeito! Que sejam felizes.

A hora do almoço veio rápido e, como eu tinha comido o bolo, dei só meia dúzia de garfadas. Apesar de ter acordado tarde, me deu aquela vontade de tirar uma soneca. Já estava me preparando para dormir quando o celular tocou. Meus olhinhos não acreditaram quando viram o nome no visor: Caíque.

– Oi, Caíque!

– Oi, Ingrid, tudo certinho? Recuperada da overdose de coelhos de ontem?

– Claro, me recuperei bem – caí na risada. – Vou sobreviver.

– Que bom! Vai fazer alguma coisa agora à tarde?

– Nada de especial.

– Meus pais vão levar o Caio a uma festa em Copacabana. O que você acha de a gente aproveitar a carona e caminhar no calçadão?

– Acho ótimo. Faz tempo que não faço isso. Mas preciso ver se a minha mãe deixa.

– Tá. Você pode falar com ela e depois me ligar?

– Posso, claro. Te ligo em seguida.

Fui falar com a minha mãe com uma cara tão grande de boba alegre que, mesmo antes de eu abrir a boca, ela caiu na gargalhada.

– O que você veio me pedir?

– Como você sabe? Passou a ler pensamentos agora?

– E precisa ler pensamentos por acaso? É o tal do Caíque?

– É! Ele me convidou para sair. Posso?

– Se eu disser que não, corro o risco de presenciar minha filha mais velha tendo um ataque fulminante do coração. O que vocês vão fazer?

– Os pais dele vão levar o Caio a uma festa em Copacabana. Ele quer aproveitar a carona para caminhar no calçadão e me chamou. A gente vai e volta de carro com os pais dele. Posso ir, mãe?

– Se os pais dele vão levar e buscar, não vejo problema nenhum. Mas fique com o celular grudadinho em você, caso eu queira ligar.

– Ai, mãe, tá bom!

– Você gosta mesmo dele, né, filha?

– Gosto, mãe.

– Se a Jéssica fosse mais velha, a gente ia ter problemas. Ela ia querer disputar o Caíque com você.

– Será? – caí na risada. – Então deixa eu aproveitar a minha chance antes que ela cresça.

Ingrid apaixonada!

– Vai lá, filha. Divirta-se.

Liguei em seguida para o Caíque. Ele passaria para me pegar por volta das quatro da tarde.

* * *

O prédio da festa era perto do Copacabana Palace, então resolvemos ir caminhando em direção ao Forte de Copacabana. Fomos andando devagar, olhando o mar, observando as pessoas de bicicleta e de patins. Não era alta temporada, mas mesmo assim tinha muitos turistas estrangeiros na praia. Chegando perto do Forte, paramos em um quiosque e compramos água de coco.

– A Daniela não gostava do meu irmão, acredita? – ele veio com o assunto do nada, tão de repente que até engasguei.

– Por que você está me contando isso agora?

– Ela odiava esses programas família. Achava tudo chato, um mico. Tinha vergonha de andar com os próprios pais. No início do namoro eu achava estranho, mas depois começou a me incomodar de verdade. Eu adoro o Caio! Sempre que posso, fico com ele. Esse era mais um motivo de briga. Por isso terminei.

– Ela está namorando o Renato, sabia?

– Fiquei sabendo. Casal perfeito. Ingrid, eu sei que tocar nesse assunto é chato, não é comparação, mas é que eu não consigo tirar isso da cabeça.

– Pode falar, Caíque, não tem problema.

– Essa situação me deixou bem chateado. E tudo mudou quando eu conheci a Jéssica. Ela falava da irmã de um jeito tão carinhoso que me deu uma vontade enorme de conhecer aquela garota tão legal. E quando ela falou que a irmã era você, não acreditei! Eu não conseguia tirar os olhos de você durante as aulas, te espionando.

– É, né, Júnior? – dei uma risada um tanto nervosa.

– Ingrid, o sol está se pondo. Já que a gente está pertinho do Arpoador, vamos ver de lá?

– Vamos!

Apressamos o passo e logo estávamos diante de uma vista sensacional. Vários casais de namorados faziam o mesmo. Eu me sentia privilegiada por estar ali, diante de tanta beleza e ao lado do Caíque.

Ele sorriu para mim e afastou uma mecha de cabelo que teimava em cair no meu olho. Beijou o meu rosto e segurou a minha mão.

– Ingrid, eu não quero mais ficar te espionando. O esconde-esconde foi legal até certo ponto, mas não quero mais brincar.

– Não?

– Não. Tudo que eu souber daqui pra frente vai ser porque você mesma vai me contar. Quero que você seja minha namorada. Já faz algum tempo que quero isso. Bom, isso se a Jéssica autorizar... – ele brincou.

– Fica tranquilo – sorri. – Já está mais do que autorizado.

Eu, que sempre tive tanto medo de me aproximar dele, tomei a iniciativa do beijo. Ele estava tão perto, o perfume dele era tão bom, que o beijei naturalmente, como se já tivesse feito isso várias vezes. O beijo de verdade era infinitamente melhor que o dos meus sonhos.

Precisei fazer um esforço enorme para segurar a emoção daquele momento. Nas minhas inúmeras fantasias, enquanto assistia a filmes românticos, nenhum tinha a vista do Arpoador. Hollywood perdeu feio para a minha cena perfeita.

Cuidar dos irmãos mais novos pode ser interessante. E, nesse caso em particular, bem "lucrativo", se é que posso dizer assim...

Parte 4

Calma, Susana!

26
Oi! Eu sou a Susana, a S das MAIS!

Eu sou a atleta da turma. Adoro jogar vôlei e meu maior sonho é me tornar atleta profissional. Já pensou, participar das Olimpíadas? Uau, ia ser o máximo! E o engraçado é que essa história de praticar esportes começou meio que sem querer. De uma hora para outra, comecei a crescer e fiquei muito mais alta que as meninas da mesma idade.

Por causa disso, passei a andar meio curvada, parecia um boneco desengonçado. Acho que eu tentava ficar da mesma altura das outras pessoas e acabava me entortando toda. Em um primeiro momento, minha mãe quis me colocar em um curso de modelo, para aprender a andar "como uma mocinha", usando as palavras dela. Mas a Eulália, coordenadora da escola, perguntou se eu não gostaria de entrar para o time de vôlei. Resolvi aceitar mais por curiosidade e acabei adorando. O vôlei se tornou a minha vida!

A rotina de treinos é bem pesada. São três horas, três vezes por semana. Isso quando não estamos em época de campeonato. Aí é sábado, domingo e feriado também. Por causa disso, durante boa parte do dia só ando de cabelo preso, suada e com a pele um pouco castigada. Para melhorar o visual, acabei criando uma rotina de beleza para quando estou fora das quadras. Gosto de cuidar dos cabelos, da pele e das unhas e me tornei a consultora de beleza das MAIS nas horas vagas.

As MAIS

Sábado de manhã, resolvi passar no cabelo um creme à base de queratina. É ótimo para deixar os fios mais resistentes e fortes, além de dar brilho. O legal é que a gente encontra em qualquer farmácia e não é caro. Depois da vitória do nosso time no intercolegial de vôlei, precisei retomar a minha rotina de beleza, pois levei um susto quando me olhei no espelho.

O campeonato foi muito estressante! Não tive muito tempo para me cuidar e, como naquele sábado era aniversário da minha avó, fiz uma limpeza de pele com um produto especial para meninas da minha idade e passei o creme no cabelo. Eu já tinha ficado meia hora com a touca na cabeça, dez minutos além do recomendado, pois me distraí escolhendo a roupa que usaria no jantar. Mas não tinha problema.

Lavei os cabelos para tirar o creme e ficaram lindos! Depois usei a chapinha. Meus cabelos são bem pretos e levemente ondulados, mas gosto que fiquem lisos, na altura dos ombros. Esse é o tamanho ideal para cuidar bem deles e conseguir fazer um rabo de cavalo com elástico, por causa dos jogos.

Eu estava com saudade da minha avó! O campeonato tomou todo o meu tempo e já fazia duas semanas que eu não a visitava. Desde que ela ficou viúva, preferiu morar sozinha. Mas isso não quer dizer que ela realmente fique só. Está sempre envolvida em causas sociais, resolveu fazer um curso de pintura e agora está fazendo dança de salão. Eu acho isso maravilhoso, nada a ver ficar em casa alimentando a tristeza. Meu avô faleceu há dois anos, e já estava mais do que na hora de ela dar a volta por cima.

Minha avó é a pessoa que mais entende a minha paixão pelo vôlei. E foi no colo dela que chorei quando o Stewart voltou para os Estados Unidos. Ele foi o meu primeiro namorado. Logo que o vi me apaixonei! E ele tinha um diferencial dos outros meninos: a altura.

Pensa que é fácil ter 1,85 metro de altura aos 14 anos? Já recebi todo tipo de apelido: poste, varapau (o preferido da Ingrid), girafa, espanadora da lua, e por aí vai. O Stewart tem 1,95 metro, meio ruivinho de olhos azuis. As MAIS achavam que ele era branco além da conta, mas eu não me importava. A gente se divertia muito juntos. Ele falava bem português, mas às vezes trocava as palavras e eu caía na risada. Foi muito difícil quando ele foi embora. Eu sabia que um dia ia acontecer, mas fala isso pro coração?

– Ah, agora sim parece uma mocinha decente! – minha mãe praticamente gritou na porta do meu quarto, me arrancando das minhas lembranças.

– E desde quando eu não fui uma mocinha decente, hein, dona Valéria?

– Desde quando cismou com esse negócio de ser atleta. A maior parte do dia vive toda desgrenhada, suada! Fora os hematomas que arruma. Nessas últimas semanas, parecia até um espantalho.

– Ai, que exagero, mãe! Eu estou sempre arrumada. Pode contar que eu tenho mais creme, xampu e maquiagem que você. E não é por causa das suas implicâncias. Eu gosto de me cuidar. Se você tivesse ido ao jogo da final, ia entender o porquê de tudo.

– Você sabe que eu estava muito ocupada nas duas farmácias, Susana. Numa outra oportunidade eu vou. Agora vamos que estamos atrasadas. Você sabe que a mamãe não gosta de atrasos. Eu queria levá-la a um restaurante, mas ela cismou que queria cozinhar.

Minha mãe adora o verbo "cismar". Quando ela não entende a razão de alguma coisa, acha que as pessoas "cismaram" com aquilo. Assim como ela pensa que eu "cismei" com o vôlei, acha que a vovó "cismou" de cozinhar. Ela não entende que as pessoas gostam de fazer certas coisas, sentem prazer nelas. Eu queria cortar essa palavra do dicionário dela.

É claro que eu amo a minha mãe. Mas ultimamente ela anda pegando muito no meu pé. Toda semana tem uma discussão. Ela não faz isso com o meu irmão, o Anderson. Ele está no primeiro ano de farmácia, então virou o ídolo dela. Quando eu disse que queria fazer faculdade de educação física, ela quase teve um treco. Eu acho a profissão dela muito interessante, legal mesmo. Mas não consigo me ver dentro de um laboratório, em meio a tubos de ensaio e fórmulas de medicamentos.

Meu pai é piloto de avião, vive mais no céu do que na terra. Quando ele está em casa, até evito assuntos polêmicos, pois gosto de ouvir as histórias das viagens dele. Não quero arrumar mais confusão, sabe?

Principalmente porque eu quero participar do campeonato de fim de ano. Vai ser uma competição entre os vencedores dos intercolegiais de várias cidades. Mas, para participar, preciso recuperar a minha nota em matemática. Tirei nota baixa na última prova e, para ficar na média, preciso tirar no mínimo 8 na prova final do terceiro bimestre. A Aninha ficou de estudar comigo, estou realmente precisando!

O Rubens, meu treinador, disse que vai ter uma surpresa no próximo treino. Estou curiosa! Não consigo imaginar o que pode ser. Mas, como ele estava sorrindo de orelha a orelha, deve ser coisa boa. Acho que tem algo a ver com essa competição. Por isso, mais do que nunca preciso me dar bem na prova de matemática.

Quando chegamos à casa da vovó, sentimos um cheiro maravilhoso vindo da cozinha. Ela tinha feito uma torta de batata com queijo dos deuses! Estava superfeliz e tinha convidado duas amigas da dança de salão para o jantar. Quando abriu o presente que eu tinha escolhido para ela, me encheu de beijos. Compramos um vestido com uma saia bem rodada para as aulas de dança. Ela foi experimentar na mesma hora e ficou rodopiando pela sala. Ah, se a minha mãe tivesse puxado um pouquinho da alegria da vovó! Ela com certeza entenderia que, muitas vezes, dois mais dois até pode dar cinco. E que nem tudo com que ela não concorda está necessariamente errado.

27

Quem é esse garoto?

Na segunda, dormi além da conta e acabei me atrasando para a aula. Entrei voando pelos portões do CEM e dei uma trombada em alguém. Meus livros se espalharam pelo chão e, antes que eu pudesse me abaixar para pegar, uma mão enorme fez isso.

– Desculpa. Aqui estão seus livros.

Fiquei em estado de choque. Peguei os livros e olhei para aquele garoto que nunca tinha visto na vida. Ele usava o uniforme do CEM e estava com fones de ouvido.

– Obrigada. Na verdade, fui eu que esbarrei em você.

– Tudo bem. Boa aula!

E saiu andando tranquilamente, ouvindo sua musiquinha, em direção ao segundo andar. Eu ainda estava meio hipnotizada quando o chatinho do Renato me tirou do transe.

– Susana! Resolveu virar poste de vez e ficar parada aí na porta do CEM? Anda, a aula do professor Gustavo já vai começar.

Eu me segurei para não xingar o Renato por ter me chamado de poste e segui para a sala. Mas, assim que coloquei a mochila na carteira, fui logo interrogando a Aninha, fazendo uma pose solene.

Calma, Susana!

— Senhorita presidente do grêmio estudantil, poderia por gentileza me informar quem é o garoto enorme que eu vi subindo para o segundo andar?

— Eu, hein, Susana! Ainda está dormindo? Está tendo visões com garotos enormes?

— Ah, já sei de quem ela está falando! — a Mari interrompeu. — Deve ser o Eduardo, o aluno novo.

— Aluno novo? No meio de outubro? — perguntei espantada.

— Não é um varapau igual a você? — a Mari caiu na risada. — Falando sério agora, o Eduardo é do oitavo ano. Moreno, de cabelo bem preto, meio caindo no olho. Tem os olhos meio repuxados. Ele está no CEM desde agosto e você só viu agora?

— Nunca tinha visto esse garoto na vida, Mari! Acho que encontrei minha alma gêmea!

— Ih, pronto! Aí já não é comigo — a Aninha brincou. — Assuntos de almas gêmeas são com a Ingrid. Agora então, toda caidinha pelo Caíque, está ainda mais especializada no assunto.

— Escutei meu lindo e santo nome? — a Ingrid perguntou, fazendo cara de romântica. — Só para você saber, eu já tinha visto o moreno gigante faz tempo. Também, olha o meu tamanho! Eu bato no umbigo dele.

— O que eu não consigo entender é por que vocês não me contaram. Vocês sabem que eu tenho uma ligeira queda por homens altos, até mesmo por motivos meio óbvios!

— Mas a gente te falou, Susana! — a Ingrid me deu uns petelecos. — Você devia estar tão focada no campeonato que não prestou atenção. Vou ter que te lembrar agora? Horas e horas de treino? Nem pra gente você tinha tempo... — ela falou fazendo biquinho.

— Hummm... pode ser. Eu não conseguia mesmo pensar em outra coisa. Ah, mas preciso recuperar o tempo perdido! Quero saber mais sobre ele.

— Caramba, santo Eduardo! — a Mari bateu palminhas. — Eu não via a Susana tão empolgada por um garoto desde o Stewart.

— Aposto que vocês quatro estão comentando como a minha matéria é fascinante, não é mesmo, meninas? – o professor Gustavo deu a bronca e até prendi a respiração.

— Claro! – a Mari respondeu. – Era exatamente disso que a gente estava falando.

A turma toda caiu na risada. Como ele é muito brincalhão, aceitou a piada e retomou a aula. Até que depois o tempo passou rápido. Eduardo... Bonito nome. Adorei aqueles olhos repuxados. Dão um ar meio exótico, sabe? Ao mesmo tempo em que ele parece oriental, também parece índio. Achei demais!

Queria fazer uma investigação na hora do intervalo. A Aninha foi correndo para a sala do grêmio resolver alguma coisa. A Ingrid foi bancar a apaixonada pelo Caíque pelas bandas da cantina. Como o Lucas, namorado da Mari, estava muito gripado e com febre, acabou não indo à escola. Então, convoquei-a para me ajudar a descobrir mais sobre o Eduardo.

— O fato de ele estar em uma série abaixo da nossa não te incomoda, Susana?

— Não vejo nada demais. E não esqueça que eu sou a mais nova da turma. Ele deve ter a mesma idade que eu.

— Olha, olha! Lá vem ele, com o tradicional fone de ouvido. Ele está sempre ouvindo música.

— Que raiva de não ter notado esse garoto antes!

— Calma, Susana! Como diz o ditado, antes tarde do que nunca. Vamos para a fila da cantina, ele está indo para lá.

— Mas eu não estou com fome...

— Ai, garota! – a Mari brigou. – É só um pretexto! Não tem ninguém atrás dele. Nem que a gente compre uma balinha de hortelã, vamos para a fila.

Viu como eu sou totalmente inexperiente no assunto? Catei umas moedinhas no bolso do uniforme e fomos para a fila. Ficamos bem atrás dele. Com a proximidade, senti o seu perfume. Com o susto da trombada na entrada, não tinha percebido como ele era cheiroso. A doida da

Mari também sentiu o perfume dele e ficou fungando, fazendo cara de apaixonada. Tive que me controlar para não cair na risada. Ele estava tão distraído com a música que nem notou a gente.

Ele comprou um pacote de biscoitos e foi sentar sozinho em um banco, perto de uma pilastra. Claro que ficamos em pé por ali, estrategicamente escondidas perto da pilastra, para observar. Ele comia o biscoito e cantarolava baixinho, mas não dava para identificar a música. De vez em quando batia o pé, provavelmente no ritmo do que estava ouvindo. Foi aí que o Cristiano, da turma dele, sentou no banco.

– E aí, Eduardo? Já ensaiou bastante? – ele perguntou, pegando um biscoito do pacote.

– Estou ensaiando muito! Todos os dias eu toco um pouco. Afinal, o concurso é na semana que vem, né?

– A gente vai lá torcer. Não tem como você não ganhar. Vai ser moleza.

– Bom, moleza não sei. Mas estarei lá na Estação do Som defendendo o meu trabalho.

– Boa sorte, cara!

– Valeu!

O Cristiano foi embora e olhamos uma para a outra espantadas.

– Na Estação do Som defendendo o trabalho dele? – a Mari perguntou intrigada.

– Concurso? Ele vai participar de um concurso? Ai, tô curiosa!

– Ih, Susana! Acabou de tocar o sinal. Vamos voltar para a sala.

Quando as aulas acabaram, fomos para a casa da Aninha, que morava mais perto do CEM.

– Eu sei que a Estação do Som tem site. Vamos entrar lá para descobrir alguma coisa – a Aninha falou toda animada. Ela adora usar a internet para bancar a detetive. E ficou empolgadíssima para descobrir algo mais do tal concurso de que o Eduardo participaria.

– Entra logo aí, Aninha! – a Ingrid deu pulinhos. Ela também adora essas investigações amorosas.

– Olha lá, gente! – a Aninha apontou para o computador. – É um concurso de novos talentos juvenis. Podem participar músicos de 14 a 17 anos. As músicas devem ser inéditas e do próprio concorrente, e eles podem tocar um instrumento.

– Então ele canta? – gritei. – Ai, vou morrer de emoção!

– Tem uma lista dos concorrentes, Aninha – a Mari apontou. – Clica lá!

A Aninha clicou e apareceu uma lista com dez concorrentes. "Eduardo Souto Maior, voz e violão." Ao clicar no nome dele, abriu-se uma tela com um breve histórico. O Eduardo tem 14 anos, canta desde os 10 e vai apresentar uma música própria, como manda a regra do concurso. A música se chama "Dentro do coração". Tinha uma foto dele, lindo demais, com o violão.

– Salva a foto pra mim! – dei gritinhos. – Meninas, o concurso é na próxima sexta. Nós vamos, certo? É pertinho do CEM e vai ser à tarde.

– E você acha que eu vou perder isso, Susana? – a Mari ficou entusiasmada. – Logo eu, que estava escondidinha atrás daquela pilastra?

– Então deve ser por isso que ele vive com fones de ouvido! – a Aninha estalou os dedos. – Deve ficar ouvindo as próprias músicas, treinando.

– Hummm... Deve ser isso mesmo – a Ingrid concordou. – A Susana demorou, mas arrumou um namorado gato e cantor. Que maravilha!

– Namorado? Não viaja, Ingrid! A única coisa que aconteceu entre a gente até agora foi um tremendo de um esbarrão na porta do CEM.

– Gente, não estou querendo melar a alegria de vocês, mas... – a Mari ficou pensativa.

– O que foi, Mari? – perguntamos quase ao mesmo tempo.

– Vocês sabem que meninos que cantam e tocam violão são populares, né? São muito disputados! Susana, se prepara. Você vai ter muitas concorrentes.

– Será? – perguntei preocupada. – Bom, você pode estar certa, mas não quero me preocupar com isso agora. Eu preciso realmente me preocupar é com a prova de matemática na segunda-feira.

– Eu prometi estudar com você, Susana! – a Aninha me lembrou. – Vamos estudar o domingo inteiro. O Hugo vai passar lá em casa à tarde e, se tivermos alguma dúvida, podemos perguntar para ele.

– É verdade – a Ingrid concordou. – Seu primo estuda engenharia e é fera em matemática.

– Que bom! – suspirei. – Preciso tirar no mínimo 8 para poder participar dos jogos do fim do ano.

– E o treinador já contou a tal surpresa? – a Mari perguntou, enquanto pegava o celular que estava tocando.

– Só na terça que vem. Vamos ter que esperar.

– Quem não vai poder esperar sou eu – ela fez uma careta depois de falar ao telefone. – Meu pai quer que eu compre tomate para o almoço. Ele sabe que eu detesto comprar essas coisas! Nada que esteja fora de caixas e latas serve para mim.

Fomos embora da casa da Aninha e cada uma seguiu seu caminho. Fui andando pensativa. Se já achava muito legal ir para o CEM por causa do vôlei, agora o colégio tinha ganhado um atrativo a mais...

28
A grande surpresa

Passei o domingo todo estudando com a Aninha. Ela é muito boa em português e história, mas também tem algumas dificuldades em matemática. Muito menos do que eu, claro!

Repassamos toda a matéria e refizemos todos os exercícios do livro e do caderno. No início senti dificuldade, mas depois as coisas foram clareando na minha cabeça. Por volta das três da tarde, o Hugo chegou com um bolo de chocolate maravilhoso. O cheiro invadiu a sala e demos uma paradinha para comer um pedaço. A mãe dele faz bolo todo domingo, e ele sempre leva um para a Aninha, a prima mais comilona que existe.

– Nossa, quantos cadernos e livros espalhados – o Hugo brincou. – Prova de matemática, é? Xiiiii...

– Você podia ajudar a gente, hein, primo? – a Aninha falou de boca cheia, provocando boas risadas nele.

– Não posso, Aninha. Combinei de ir ao cinema agora, a sessão começa em uma hora. Mas conheço um site muito legal, com um monte de exercícios.

Ele foi para a frente do computador e acessou o tal site. E não era mesmo fantástico? Ele imprimiu duas folhas de exercícios e outras duas com as respostas. Quando terminamos o bolo, fizemos todos e conferimos depois. Dos dez exercícios, acertei oito.

– Ainda não está bom, Aninha! Tudo bem, tiraria 8, que é o que eu preciso, mas ainda estou tensa.

– Calma, Susana! Vai dar tudo certo. Se você ficar nervosa vai ser pior, e tudo que a gente estudou hoje não vai servir de nada. Quando fico nervosa, me dá um branco tão grande que às vezes esqueço até o meu próprio nome.

– Você tem razão, vou tentar relaxar.

– Acho que já estudamos o suficiente. Vamos tentar nos distrair um pouco? Eu aluguei um filme que parece ótimo, uma comédia romântica. Recomendada pela Ingrid, claro!

– E o Guiga? Não vai encontrar com ele hoje?

– Hoje não. Ele foi para a casa dos avós. E para falar a verdade, não dá muito certo estudar com o namorado. É uma distração e tanto!

– E que distração! – rimos.

Realmente, ver o filme me ajudou a relaxar. Voltei para casa com um sentimento de dever cumprido. Estava preparada para a prova.

Pensei que encontraria o meu pai, mas infelizmente o último voo dele atrasou e ele só viria para casa no dia seguinte. O lado bom disso tudo é que ele teria três dias de folga. Vida de piloto não é fácil. Trabalha-se muito, dias e dias longe da família. Mas é uma coisa que ele ama fazer. Fica todo empolgado, com os olhos brilhando, quando conta sobre as viagens.

Sinto tanta saudade dele! As minhas amigas dizem que conseguem conversar melhor com as mães, mas eu converso mais com o meu pai. Ele tem cada história legal para contar! E sempre me entende, chega a falar o que estou pensando. Tenho precisado muito dele, por causa das discussões com a minha mãe. Fica um clima tão chato. Chego em casa toda feliz com a medalha, que me custou muito treino e suor, vibrando de alegria, e ela nem olha direito, não valoriza. Só sabe reclamar que eu preciso ir para a fisioterapia o tempo todo por causa das contusões musculares.

Acordei antes de o despertador tocar. Tomei um banho rápido, tomei café e fui para o CEM. A prova de matemática seria logo na primeira aula. Ao cruzar os portões, quem eu vejo? O Eduardo! Dessa vez não teve trombada, ele passou por mim e sorriu. Sorriu para mim! Não é demais?

– Que cara de boba é essa, Susana? – a Mari logo fez piada quando sentei.

– Acabei de ver o Eduardo e ele sorriu pra mim!

– Ah, que lindo! Ele sorriu porque lembrou que teve que catar todos os seus livros do chão.

– Para de implicar com ela, Mari! – a Ingrid me defendeu. – Ele sorriu porque é simpático e deve ter gostado de você, oras.

– Ou porque todo cantor sorri para as fãs – resmunguei.

– Agora não é hora de pensar em garotos, meninas! – a Aninha brigou. – O professor já está distribuindo a prova.

Claro, a prova! Por alguns minutos esqueci que teria de tirar 8 para participar do campeonato. O CEM é muito exigente nesse ponto. Todos os atletas devem ter notas boas, acima da média.

A prova tinha dez questões, valendo um ponto cada uma. Eu teria que acertar quase que a prova inteira! Dei uma lida rápida nas questões, e muitas eram parecidas com as que o Hugo tinha nos mostrado no site. Foi a minha sorte. Comecei com as mais fáceis e deixei as duas mais difíceis para o final.

A cabeça da gente às vezes funciona por conta própria, não é verdade? Eu tinha que me concentrar na prova e o sorriso do Eduardo me vinha à mente.

– Dez minutos, pessoal! – o professor deu o alerta.

Voltei a me concentrar nas questões. As duas últimas estavam muito difíceis. Olhei para as meninas e cada uma estava com uma expressão diferente, não dava para saber se estavam indo bem ou mal. Respondi a nona questão e metade da décima. O professor já estava começando a recolher as provas quando acabei. Minha mão tremia! A Ingrid, pra variar, saiu correndo para o banheiro. Fui atrás dela. Será que isso é contagioso?

– Ai, que estresse! – ela gritou da cabine do banheiro. – Mentaliza azul, Ingrid! Mentaliza azul!

– Hahahaha! Calma! – gritei do outro reservado. – Já acabou! Agora é esperar o resultado.

Enquanto lavávamos as mãos, começamos a fazer caretas para o espelho para descontrair. Umas garotas do sétimo ano entraram no banheiro e não entenderam nada. Saímos dando risada.

No dia seguinte, na aula de educação física, o Rubens, meu treinador, se aproximou com um sorriso enorme no rosto.

– Susana, sei que o nosso treino é só à tarde, mas não consigo mais esperar para te contar a grande notícia.

– O que é? – fiquei tão curiosa que cheguei a gritar.

– Muito bem. Você conhece a marca CSJ Teen, de produtos para adolescentes?

– Claro que conheço! Uso quase todos os produtos: xampu, condicionador, hidratante...

– Então, a CSJ Teen vai patrocinar um time de vôlei infantojuvenil ano que vem. E está selecionando atletas para compor esse time. Durante o intercolegial, vários olheiros da empresa assistiram aos jogos e fizeram a seleção das melhores jogadoras. E você foi uma das escolhidas.

— Eu? — meu coração batia tão acelerado que a voz quase não saiu. — Eu vou entrar para o time da CSJ Teen?

— Calma, Susana! — a minha cara devia estar muito estranha, pois ele não conseguiu segurar o riso. — Você foi uma das escolhidas. Meus parabéns! Você é uma excelente jogadora e concorreu com atletas muito boas, inclusive que jogam em times de clubes famosos. Mas existem algumas regras para fazer parte do time.

— E quais são essas regras?

— Primeiro, não pode ter nota baixa. Eles pensam como o CEM. O esporte é muito importante, mas o aluno tem que provar que pode levar as duas coisas, sem prejuízo de nenhuma delas.

— E as outras?

— Como você é menor de idade, vai precisar de autorização dos seus pais. O pessoal da CSJ Teen já entrou em contato com a direção do CEM e enviou toda a papelada para preencher. Mas eu pedi à coordenadora para falar com você primeiro. Eu sei o quanto você quer ser jogadora profissional. E essa é a sua grande chance!

Parecia que eu estava andando sobre as nuvens. Nunca pensei que o meu sonho poderia se tornar realidade. Voei para a sala da Eulália e ela sorriu para mim.

— Já sei, já sei! O Rubens já falou com você, não é?

— É! Ele falou que a CSJ Teen deixou um envelope com documentos para mim, é verdade?

— Deixou sim, Susana. Aqui está. Você mesma vai falar com seus pais ou quer que eu ligue para eles?

— Não, por favor! Eu mesma quero falar com eles. Obrigada.

— Veja que tem uma data limite para confirmar o interesse em participar. Não deixe de falar logo com seus pais.

Saí com o envelope amarelo e azul em mãos. Minhas pernas tremiam tanto que precisei sentar. Abri e encontrei várias fichas para ser preenchidas, além de uma espécie de manual de conduta para os atletas participantes. Fiquei com uma vontade enorme de chorar. Foi aí que vi o professor de matemática entrando na sala dos professores. Não pensei duas vezes. Pedi licença e entrei.

– Susana, o que faz aqui, menina? Você sabe que essa sala é apenas para os professores, não sabe?

– Eu sei. Mas é que eu precisava perguntar se você já corrigiu a prova de ontem.

– Ainda não. Vou fazer isso na sexta-feira.

– Eu preciso saber a minha nota! – falei quase chorando. – É muito importante pra mim.

Silêncio total. Ele ficou me olhando bastante intrigado. Acho que notou o meu total desespero por causa da nota.

Não foi a primeira vez que pedi para saber a minha nota antes do resto da classe. Também já pedi para prorrogar prazos de entrega de trabalhos e fazer segunda chamada. Por causa dos treinos e campeonatos, muita gente que joga pelo CEM não consegue acompanhar o ritmo normal do colégio. Já fui chamada de protegida por causa disso, pode? Então eu treino nove horas por semana, suo a camisa pelo colégio, viajo para jogar nos fins de semana e ainda dizem que tenho privilégios!

– Ainda tenho alguns minutos antes da próxima aula. Espere lá fora que eu vou corrigir a sua prova. Mas só a sua. Não fale nada para os seus colegas. Já vou falar com você.

Foram os cinco minutos mais longos da minha vida. Cheguei a amassar um pouco o envelope, de tão nervosa que estava. A porta se abriu e ele veio falar comigo.

– Você errou a décima questão, passou longe do resultado. E acertou metade da nona.

– E isso quer dizer que eu tirei quanto?

– Tirou 8,5. Parabéns, excelente nota.

– Obrigada, professor!

Saí pulando feito uma doida. Olhei para trás e ele estava rindo de mim. Ah, que alívio! Valeu me esforçar tanto e estudar o domingo inteiro. O fantasma da nota já estava exorcizado. Como ele me pediu, não comentei minha nota com o pessoal da classe, só com as MAIS, em especial a Aninha.

– Que bom, Susana! Você mereceu! – ela me abraçou.

— Tomara que você consiga a mesma nota, né? Afinal, o que seria de mim se não fosse você?

— Não tem problema, amiga! Você precisava mais de nota do que eu. Fico feliz em ter ajudado.

— Que máximo! A Susana vai ser uma atleta famosa! – a Ingrid bateu palminhas.

— Calma, Ingrid! Esqueceu que os meus pais precisam assinar a papelada de autorização? Esqueceu também que a minha mãe é contra, e que o sonho dela é que eu faça faculdade de farmácia?

— Esse é o sonho dela, não o seu! – a Mari falou revoltada. – Ela não pode te impedir de jogar no time da CSJ Teen!

— É um risco que estou correndo – lamentei.

— Por falar nisso, Susana, CSJ quer dizer o quê? – a Aninha fez cara de intrigada.

— Cosméticos Sempre Jovem. Uso quase todos os produtos deles!

— Fala a verdade, isso é perfeito – a Aninha sorriu empolgada. – A MAIS que entende tudo de beleza ser atleta de um time patrocinado por uma marca de cosméticos!

— Não é? – caí na risada, pois ainda não tinha percebido a ligação das duas coisas, tamanho era o meu nervosismo com todos os acontecimentos.

— Você vai falar com seus pais hoje, não vai? – a Mari fez cara de preocupada.

— Claro. Vou falar hoje sem falta.

29
O sonho ameaçado

Cheguei em casa radiante. Meu pai notou assim que passei pela porta. Era muito bom tê-lo em casa por três dias seguidos. Quando ligam para os pais, a maioria das minhas amigas faz a tradicional pergunta: "Oi, pai, como você está?" A minha pergunta é sempre diferente: "Oi, pai, *onde* você está?"

Minha mãe ainda não tinha chegado para almoçar, mas não aguentei segurar a novidade. Abri a mochila e mostrei o envelope da CSJ Teen para o meu pai. Ele me abraçou de felicidade.

– Parabéns, filha! Eu sei como você gosta de vôlei, e esse é o resultado do seu esforço. Como tudo que a gente faz na vida. Nada que vem muito fácil tem valor, pode acreditar nisso. Você sempre treinou e jogou com vontade e dedicação. Estou orgulhoso de você.

– Posso saber que alegria toda é essa? – minha mãe perguntou assim que entrou na sala.

– Valéria, olha que notícia ótima! – meu pai levantou e mostrou o envelope. – A Susana foi chamada para entrar em um time infantojuvenil de vôlei. Vai ser a grande chance de a nossa filha se tornar uma profissional.

Ela ficou séria e pegou o envelope. Olhou toda a papelada em silêncio.

– Eu não concordo com isso, Amauri.

Meu coração parecia que ia saltar pela boca. Meu pai, que estava sorrindo, ficou sério e apertou os olhos.

– Como assim não concorda? – ele cruzou os braços.

– Esse negócio de jogar vôlei não dá futuro para ninguém. Eu concordei que ela praticasse esportes no CEM, mas isso já foi longe demais. Nós temos duas farmácias para administrar, e ela tem que pensar nos negócios da família. Já basta você, que fica mais no céu do que na terra.

– Não estou acreditando no que estou ouvindo.

– Não está acreditando por quê?

– Esse é o sonho da nossa filha. Ela se esforçou e foi reconhecida.

– Sonho não enche barriga. Aqui diz que ambos os pais devem assinar autorizando. Eu não vou assinar.

Começou uma discussão feia. Eles gritavam e gesticulavam muito. Foram para o quarto e fecharam a porta. Mesmo assim, dava para escutar tudo. Comecei a chorar de nervoso. O cheiro de comida que vinha da cozinha me embrulhou o estômago. Não queria mais ficar ali. Peguei papel e caneta, deixei um bilhete e saí.

Cheguei na casa da minha avó e ela se assustou com a visita surpresa. Deitei no colo dela e chorei sem parar. Ela não perguntou nada, apenas fez carinho na minha cabeça e esperou que eu me acalmasse. Fiquei uns dez minutos assim. Quando finalmente consegui falar, contei o que tinha acontecido. Ela segurou a minha mão e escutou. Eu parecia uma metralhadora, falava sem parar. Até que chegou uma hora que eu cansei e me calei.

– Minha querida, entendo toda a sua chateação. Você precisa se acalmar. Já almoçou?

– Não, estou enjoada. Não vou conseguir comer nada agora.

– Eu tenho um refresquinho de maracujá na geladeira. Vou pegar nem que seja meio copo para você. Vai te fazer bem. Depois, deite um pouco na minha cama. Vou terminar o almoço e quando você acordar estará com fome. Fiz aquele frango ensopado que você gosta.

Tomei o suco e me deitei. A única coisa que me lembro é de ter olhado para o relógio na cabeceira e ter visto que estava marcando 14h10.

Calma, Susana!

Ao abrir os olhos novamente, já eram 16h30! Praticamente desmaiei por mais de duas horas. Senti a barriga roncar. Bem que a minha avó disse que eu acordaria com fome.

Levantei e não encontrei o meu par de tênis. Fui andando de meias pelo corredor quando ouvi a voz da minha mãe. Ela tinha acabado de entrar na sala, e então me escondi.

– Onde está a Susana, mãe?
– Dormindo. Daqui a pouco vou chamá-la para comer.
– Está bem. Vou esperar a fujona acordar.
– Se ela fugiu, teve bons motivos.
– Não acredito que você também vai se voltar contra mim, mãe!
– Não estou contra ninguém, estou a favor da verdade.
– E qual é a verdade?
– Que ela merece a chance que ganhou. E uma outra verdade, infelizmente, é que a minha própria filha se tornou uma pessoa amarga e egoísta!

A minha avó sempre foi uma pessoa doce. Nunca a vi levantar a voz com ninguém. Fiquei espantada com o tom que ela usou com a minha mãe.

– Estou me sentindo muito sozinha! Ninguém percebe o que eu faço por essa família. Todos se voltaram contra mim.
– Gostaria de entender o que aconteceu com você, Valéria. A nossa casa sempre foi cheia de alegria. Eu e seu pai sempre apoiamos tudo que você quis fazer. Foi uma tristeza muito grande quando ele se foi, mas eu superei porque sabia que ele não gostaria de me ver triste. Ele ficaria decepcionado com a sua atitude.

Silêncio. Silêncio que durou quase um minuto. Minha avó começou a falar de novo.

– Quando você resolveu estudar farmácia, achamos que seria difícil. Afinal de contas, era uma faculdade que não podíamos pagar. Nunca nos faltou nada, mas não podíamos arcar com os custos de uma faculdade. Mesmo assim, você estudou com vontade, com garra, passou no vestibular e conseguiu uma bolsa de estudos integral. Como ficamos felizes!

– É verdade, eu estudava dia e noite. Queria muito fazer farmácia. Era o meu sonho desde a primeira aula de química no colégio.

– E você não só realizou o sonho de se tornar farmacêutica como conseguiu abrir duas farmácias. Conseguiu lidar com todos os desafios de ser mãe, esposa e empresária.

– É, realizei o meu sonho.

– E quando chega o momento de sua filha realizar o sonho dela, o que você faz? Será que todo o suporte que eu e seu pai lhe demos não foi suficiente para você entender como o apoio dos pais é importante nessa hora?

– Ela é muito nova e tenho medo que cometa erros. Como, aos 14 anos, ela pode saber o que quer ser pelo resto da vida?

– Você não acabou de falar que decidiu o seu futuro quando teve a primeira aula de química? Você está contrariando toda a sua história. Seus filhos vão herdar as farmácias. Apesar disso, eles têm o direito de seguir os próprios sonhos.

– O Amauri falou a mesma coisa. A gente discutiu tanto... Eu amo os meus filhos, só quero o melhor para eles, mãe.

– Eu sei. Mas o melhor para eles não é necessariamente o que você considera o melhor. Eles não são mais crianças. Acho que você está trabalhando demais, anda muito estressada e não está conseguindo enxergar as coisas com clareza. Não deixe que a Susana tenha mágoa da mãe pelo resto da vida.

– Você tem razão. Eu ando muito nervosa. São muitas coisas para administrar e estou quase ficando louca. Preciso contratar um gerente para dividir as tarefas comigo.

– Faça isso. O Anderson embarcou no seu sonho e está fazendo farmácia. Logo ele vai poder te ajudar e até assumir os negócios daqui a alguns anos. Enquanto isso não acontece, contrate mais pessoas para lhe dar um suporte. O que não pode é você descontar as frustrações na sua filha e discutir com seu marido nas poucas folgas que ele tem.

– Mãe, me desculpe por toda essa situação. Eu fui mesmo egoísta, pensei só em mim, nas minhas coisas. Daqui a dois meses o Amauri vai sair de férias. Nesse período, vou treinar uma pessoa para me substituir e vou tirar férias também. Já faz uns três anos que não sei o que é descansar.

– Ótimo! Faça isso. Agora preciso acordar a Susana, já passou da hora dessa menina comer.

Saí correndo e me enfiei embaixo das cobertas. Fechei os olhos e fingi que dormia.

– Acorda, dorminhoca! Vem comer. Sua mãe veio te buscar.

Antes que eu pudesse responder, minha mãe entrou no quarto com os olhos vermelhos. Deve ter chorado enquanto conversava com a vovó.

– Vamos, filha, levanta. Acho que até eu vou provar um pouco dessa comida, está com um cheiro ótimo. Quando chegarmos em casa, vamos ler com o seu pai todos os papéis que você trouxe da csj Teen.

– Obrigada, mãe! – a abracei bem forte e não consegui segurar o choro.

Será que finalmente ela tinha entendido o meu sonho de ser atleta?

30
A Estação do Som

Chegamos em casa e o meu pai estava na sala, lendo os formulários da CSJ Teen. Dei um beijo nele e sentamos para analisar os papéis.

– Valéria, já entendi como funciona tudo. Como tenho mais um dia de folga, vou com a Susana até a sede da empresa.

– Tudo bem. Você pode resumir tudo que leu?

– Claro. Infelizmente, a Susana vai ter que deixar o time do CEM. Não vai dar tempo de treinar pelo colégio e pelo time infantojuvenil.

– Poxa, que pena – falei. – Mas eu já esperava que isso pudesse acontecer.

– Os treinos vão ser na parte da tarde. E às vezes pode ser que precise viajar ou jogar nos fins de semana. Mas você já estava meio que acostumada com isso, né? Vai ter que manter suas notas na média, filha. Não vai poder descuidar dos estudos.

– Eu sei. Eu vou dar conta, pai.

– Nós vamos apoiar o seu sonho, Susana. Concordo que vai ser muita responsabilidade para uma menina de apenas 14 anos, mas você tem demonstrado maturidade suficiente para arcar com todas as tarefas. Estaremos aqui para te ajudar no que for preciso. Mas lembre que eu e sua mãe também estamos envolvidos com a nossa profissão. Se você precisar de ajuda ou tiver qualquer dúvida, não deixe de falar com a gente.

– Pode deixar, eu vou falar tudo. Não vou decepcionar vocês.

– Não vamos ficar decepcionados, filha – minha mãe acariciou o meu braço. – Só queremos que você seja feliz.

No dia seguinte, à tarde, fui com o meu pai até a sede da CSJ Teen. Fomos muito bem recebidos e acabei conhecendo duas meninas que também tinham sido selecionadas. Era tudo lindo demais: os uniformes, as bolsas, as mochilas e o kit de produtos que ganharíamos todos os meses. Como já era praticamente fim de ano, os treinos seriam mais para ficarmos em forma e nos entrosarmos. Teríamos uma pausa na última quinzena de dezembro e depois os treinos oficiais começariam. Eu estava feliz demais!

Quando contei tudo para as MAIS, elas ficaram eufóricas.

– Que coisa boa, Susana. Finalmente a sua mãe entendeu tudo! – a Mari falou com tom de alívio na voz.

– Pena que você não vai poder participar do campeonato de fim de ano, como você queria – a Aninha fez bico.

– Ah, tudo bem! – sorri. – Também não se pode ter tudo, né? Já estou bem feliz assim.

– Pois é! A Susana está tão feliz por ser a mais nova garota-propaganda da CSJ Teen que até esqueceu o Eduardo – a Ingrid cutucou. – O tal concurso é nessa sexta, e ainda não combinamos os detalhes de como vamos torcer pelo garoto sem dar muita bandeira. Acho que quase ninguém do CEM está sabendo disso.

– É verdade! – ao me lembrar do fato dei um gritinho. – Não quero perder o concurso por nada nesse mundo.

– Será que ele canta bem mesmo? Ou será pior que um pato fanho? – a Mari provocou.

– Só vamos descobrir indo até a Estação do Som! – falei empolgada.

Algumas meninas têm uma queda por cantores, vocalistas de bandas de rock ou grupos de pagode. Quando um cantor internacional vem fazer show, quase ficam loucas e gastam um dinheirão para comprar o ingresso. Eu nunca tinha me interessado por um músico. É claro que sempre achei um ou outro bonitinho, mas conhecer um músico assim de perto era a primeira vez. Um mundo novo a descobrir.

E adivinha só o que a Ingrid fez? Sem eu nem pedir, me emprestou um filme chamado *A fera do rock*, de 1989. Ela adora esses filmes mais antigos. É sobre a vida do cantor Jerry Lee Lewis na década de 50. Acredita que ele se casou com uma prima de 13 anos, dez anos mais nova que ele? Uau! Bom, pelo que eu entendi, o Eduardo vai cantar uma música romântica, e o filme é sobre um cantor de rock. Mas mesmo assim deu para sentir um pouquinho como é a vida de um cantor.

A sexta-feira chegou rápido e fomos ver o concurso de novos cantores. Antes de me encontrar com as meninas, fui para casa tomar um banho e trocar de roupa. Aproveitei para lavar os cabelos com um xampu especial para dar brilho e passar filtro solar, pois era uma boa caminhada até a Estação do Som. Cuidados com a pele nunca são demais, né?

O lugar estava cheio e a entrada era gratuita. Sentamos na quarta fileira do auditório. O palco estava iluminado, com vários instrumentos musicais. Cerca de vinte minutos depois, o apresentador, um senhor de uns 50 anos, entrou. Mais cinco pessoas entraram e sentaram bem de frente para o palco. Eram os jurados.

Os três primeiros candidatos eram muito ruins. Um deles cantou e tocou guitarra, tão alto que até doeu o ouvido. Uma menina de uns 16 anos entrou tocando violão. Ela era muito boa, se chamava Nayara Campos. Foi muito aplaudida. E finalmente entrou o Eduardo.

Várias garotas deram gritinhos quando ele apareceu. Já imaginava que isso ia acontecer. Mas ele estava lindo mesmo! Usava calça jeans e camisa branca. Com as luzes do palco, a camisa ia mudando de cor, o que deu um efeito bem legal. Ele sentou em um banquinho e começou a tocar violão.

Como estava escrito no site, ele começou a cantar uma música própria, chamada "Dentro do coração". Aquela voz levemente rouca me fez arrepiar. As MAIS também gostaram e faziam sinal de aprovação.

O teu sorriso
O teu olhar
O teu riso
Meu mar

Me perdi nesse oceano
Não sei o caminho de volta
Mas nada mais importa

Dentro do coração
Existe a direção
Do caminho certo pro teu amor
E que não me cause tanta dor

Dentro do coração
Existe a direção
Preciso sentir, preciso permitir
Não vou me deixar fugir

– Ai, que lindo, Susana! – a Ingrid me deu uns tapinhas no braço. – Ele não quer fugir do amor, amiga. É a sua chance!
– Você está toda animadinha e nem sabemos se ele tem namorada.
– Não tem! – a Aninha falou decidida. – Já investiguei.
– Isso não quer dizer nada – comecei a rir. – O fato de ele não ter namorada não quer dizer que vai querer alguma coisa com a minha pessoa.
– Deixa de ser pessimista! – a Ingrid me deu bronca. – Vocês formam um lindo casal. Nós já sabemos disso, agora ele precisa saber também.
– Ai, gente! Não aguento mais ouvir esse povo cantando mal – a Mari ria tanto que colocou a mão na barriga.
– Também não... Os melhores foram o Eduardo e aquela menina, a Nayara.

Quase uma hora depois, foi anunciado o resultado. O Eduardo ficou em segundo lugar.

– Alguma coisa estava me dizendo que a tal Nayara ia vencer – a Ingrid fez bico.
– Mas segundo lugar também é legal, Ingrid – defendi. – Ele ganhou a gravação da música em estúdio e um notebook.
– Vamos lá falar com o garoto? – a Mari colocou as mãos na cintura.
– Precisamos dar os parabéns, afinal de contas.

Quando chegamos perto, ele estava dando autógrafo para as mais assanhadinhas. Respirei fundo e esperei. Depois de uns dez minutos, chegou a nossa vez de falar com o Eduardo.

– Parabéns! – foi a única palavra que saiu da minha boca.

– Valeu, Susana! Quem bom que vocês vieram.

– A gente não ia perder por nada! – respondi. *Como assim ele sabe o meu nome?*

– Você não divulgou nada no CEM. A gente descobriu meio que sem querer... – a Aninha disfarçou. – Eu podia ter colocado a notícia no blog do grêmio.

– Ah, é que eu sou tímido. Por sorte fiquei em segundo lugar, mas e se tivesse me dado mal? Ia ser a vergonha do CEM.

– Que nada! – a Mari falou toda empolgada. – Você não sabe que o CEM incentiva esse tipo de coisa? Por falar nisso... – ela fez uma cara muito suspeita – por que você não faz um teste para a peça de teatro de fim de ano?

– Peça de teatro? Como vai ser?

– Muito simples... Vamos encenar *Sítio do Picapau Amarelo*. Tem uma vaga para o papel de Visconde de Sabugosa. O garoto que ia fazer o papel desistiu na última hora. Como vamos cantar algumas músicas, você seria perfeito para o papel! Além de alto, também canta.

– Gostei da ideia. Vai ser uma boa oportunidade para conhecer mais gente. Estou no CEM faz pouco tempo e ainda não estou muito enturmado.

– Na semana que vem, vou falar com o professor de artes cênicas. Mas tenho certeza que o papel é seu.

Bom, fomos à Estação do Som para EU conversar com o Eduardo, mas a dona Mari, serelepe como a Emília, acabou roubando a cena. Fiquei um pouco chateada, mas depois ela me explicou que fez isso justamente para aproximá-lo da nossa turma e com isso eu ter mais motivos para falar com ele. Ela está certa. Preciso controlar essa minha insegurança quando o assunto são garotos!

31
E viva o Monteiro Lobato!

O fim de semana passou tranquilo e aproveitei para descansar. Na segunda-feira, a minha mãe foi conversar com os alunos do CEM sobre a profissão de farmacêutica. Era parte do ciclo de palestras sobre profissões que a Aninha tinha organizado pelo grêmio. Minha mãe consegue ser bem simpática quando quer! Tudo bem, estou sendo implicante. Afinal de contas, ela aceitou a minha paixão pelo vôlei. Os alunos adoraram, aplaudiram e tudo.

Fui com ela até o portão e a abracei.

— Mãe, se você soubesse como estou feliz!

— Que bom, filha! – ela me abraçou mais apertado. – Gostei muito de conversar com os seus amigos. Aliás, não foi nada difícil, pois eu adoro o que faço.

Ela soltou o abraço, olhou para cima e começou a rir.

— O que foi, mãe?

— Até outro dia você era a minha menininha, vivia correndo pela casa. Agora, para te abraçar tenho que ficar na ponta dos pés, assim como faço com seu pai. Nisso você puxou totalmente a família dele. Como você cresceu, querida! Não só na altura, mas se tornou uma mocinha adorável, que sabe o que quer e corre atrás para conseguir. Você já me perdoou por ter sido tão inflexível?

Calma, Susana!

– Claro que sim, sua baixinha – ri. – Obrigada por tudo. Mesmo!

Com a desculpa de assistir ao ensaio da peça, fui com a Mari até o teatro e o Eduardo já estava lá.

– Adorei a palestra da sua mãe, Susana – ele sorriu, colocando a mão no meu ombro. Aquele toque inesperado me fez estremecer.

– Que bom que gostou! – sorri de volta. – Fiquei feliz quando ela aceitou o convite para participar.

– Daqui a pouco vai ser você a dar palestra no CEM.

– Como assim? – estranhei.

– Você vai ficar famosa como jogadora profissional de vôlei. Logo vai poder dar palestra contando como é a vida de atleta.

– Não tinha pensado nisso... Como sabe que eu vou ser profissional?

– O Rubens, treinador do time do CEM, é meu tio. Você não sabia?

– Não! – respondi espantada.

– Ele me conta tudo. E é seu fã. É como se eu te conhecesse há muito tempo, de tanto que ele fala como você é especial.

– Vem, Eduardo! O professor quer falar com você – a Mari interrompeu.

– Deixa eu ir, Susana. Torce por mim?

– Claro que sim!

Que coisa doida! O Rubens é tio do Eduardo? Então foi por isso que ele me chamou pelo nome lá na Estação do Som. De repente me deu uma vergonha... Quer dizer que o treinador falava de mim para o sobrinho e eu nem sabia? Que mico! Eu querendo saber mais sobre ele, e ele já sabia tudo a meu respeito.

Claro que ele passou no teste para ser o Visconde de Sabugosa! Os outros alunos que participariam da peça o receberam muito bem, mas disseram que ele teria que se esforçar mais, pois todos já tinham ensaiado seus papéis antes da saída do outro ator.

Por causa dos treinos do time da CSJ Teen, não consegui ir a todos os ensaios da peça, mas sempre que possível estava lá. Até porque eu queria me aproximar do Eduardo.

E por falar em treinos, todas as meninas do time já estavam selecionadas. Eram doze atletas, seis que estariam em quadra e as outras seis no banco. Por enquanto tudo era festa, uma adicionando a outra nas redes sociais, trocando MSN... Vamos ver se essa harmonia toda vai continuar até o ano que vem, quando as titulares forem escolhidas. Mas não quero ficar preocupada antes da hora.

Ganhamos dois uniformes de treino. Completos! Também tem o de jogo e o de viagem, mas, como isso só vai acontecer daqui a três meses, não vimos ainda. Já estou curiosa!

Bom, voltando ao teatro, era fim da tarde de sexta-feira e todos os atores da peça pareciam exaustos. Foi quando o Eduardo teve uma ideia.

– Gente, tô morrendo de fome. Vamos comer uma pizza? Ainda é cedo. Se a gente avisar nossos pais, não vai ter problema. A gente não vai demorar muito. O que acham?

– Acho ótimo! – a Mari concordou.

– E você, Susana? Vem com a gente? – ele perguntou.

– Claro! Só preciso avisar a minha mãe.

Fomos em oito pessoas. Juntamos duas mesas e sentei bem ao lado do Eduardo. Todo mundo ria e comentava sobre os ensaios. No início eu estava tão tímida que não conseguia comer direito. Mas fui relaxando e me soltei.

Umas duas horas depois, o Lucas, namorado da Mari, foi juntando o dinheiro do pessoal para pagar a conta. O meu irmão tinha ficado de me buscar, mas cadê? Esqueceu de mim. Liguei para o celular dele. Ele atendeu e disse que estava com a namorada.

– Eu posso te deixar em casa, Susana. Meu tio vem me buscar e podemos te dar uma carona – o Eduardo ofereceu.

– O Rubens vem te buscar? Acho que vou aceitar sim.

– Olha ele lá! – ele apontou.

Entrei no carro e cumprimentei o treinador.

– Estou com saudades da minha atleta favorita – ele brincou. – Mas foi por uma boa causa. Não dava para treinar nos dois times.

– Pois é. Fiquei feliz por um lado e triste por outro. Mas tudo bem, estou gostando bastante dos treinos, e as meninas do time são muito legais.

– Que bom, Susana! O seu prédio é aquele ali?

– Isso, aquele mesmo.

– Amanhã é a festinha de aniversário do meu filho. Ele vai fazer 6 anos! Você está convidada. Vai ser à tarde, regada a brigadeiro e cachorro-quente.

– Se você for, Susana, vai me fazer companhia. Acho que vou ser o mais velho da festa – o Eduardo falou, fazendo cara de cãozinho abandonado.

– Vou sim. Adoro brigadeiro! – achei o comentário meio ridículo, mas foi a única coisa que consegui responder.

– Ótimo! Sabe onde eu moro? – o Rubens perguntou, ao estacionar na porta do meu prédio.

– Não sei...

– Agora que eu sei onde você mora, passo aqui e a gente vai junto. O que você acha? – o Eduardo perguntou, me encarando com aqueles olhos repuxados.

– Tudo bem, combinado.

– Passo aqui às quatro.

– Vou te esperar então. Tchau.

– Tchau, até amanhã.

Saí do carro quase pulando de alegria! A sexta-feira não poderia ter acabado de maneira mais perfeita. Cheguei tão empolgada em casa que resolvi trocar o esmalte. Escolhi um azulzinho com um toque de glitter, que tinha visto numa revista de moda. Minhas unhas ficaram lindas! Esperei secarem e fui dormir, torcendo para sonhar com aqueles olhos repuxados...

32
Brigadeiros podem ser românticos

Eu estava escolhendo a roupa para a festa quando o telefone tocou.

– Oi, Ingrid! O que conta de novo?

– Só liguei para desejar boa sorte. É que lembrei da minha história com o Caíque. Festinhas infantis, por mais estranho que possa parecer, dão sorte. Sabe aquela velha história de que um raio não cai duas vezes no mesmo lugar? Pois acho que o raio caiu duas vezes entre as MAIS.

– É verdade! Bem que eu podia pegar a sua irmã emprestada para ir comigo. A Jéssica ia adorar.

– Nada disso! – ela riu. – Em primeiro lugar, você deve mesmo aparecer na festa, pois o Rubens foi seu grande incentivador. E depois, com a companhia do sobrinho dele, como resistir ao convite?

– Pois é, convite irresistível! Ai... tô nervosa.

– Se ficar nervosa, coma um brigadeiro.

– Brigadeiro é calmante, por acaso? – ri.

– Claro que é. O chocolate aumenta a produção de serotonina e alivia a ansiedade.

– Então, doutora Ingrid, vou devorar vários!

Desliguei o telefone e fui acabar de me arrumar. Como estava calor, escolhi um vestido de alcinhas e sandálias. Passei um perfume suave e coloquei um par de brincos prateados. Faltavam cinco minutos para o horário combinado, então resolvi descer e esperar o Eduardo na portaria. Mal coloquei os pés para fora do elevador, o vi entrando pelo portão. Ele estava tão perfeito!

– Você está linda, Susana! – disse ao me beijar no rosto.

– Obrigada.

– A casa do meu tio fica a duas quadras daqui. Dá para ir a pé.

Fomos conversando pelo caminho sobre as provas finais do CEM e a apresentação da peça de teatro. Em menos de cinco minutos chegamos ao edifício do Rubens. A criançada corria sem parar. Falei muito rápido com o aniversariante, pois ele mais parecia um foguete. Fui apresentada também à esposa do treinador. Adivinha quem conheci em seguida? Dona Regina, a mãe do Eduardo!

– Mãe, essa é a minha amiga que te falei. Susana, essa é a minha mãe.

– Muito prazer! – respondi como uma mocinha educada.

– Mas ela é muito mais bonita do que você me descreveu, Edu! – ela falou enquanto passava a mão pelo meu cabelo.

Cadê a mesa do bolo para eu me esconder embaixo? Que vergonhaaa!

– Parece que o tio Rubens está meio nervoso... O que aconteceu? – o Eduardo perguntou.

– Você não faz ideia. O rapaz que ele tinha contratado para animar as crianças quebrou o pé ontem à noite e só avisou duas horas antes da festa. E o mágico só vai vir mais tarde.

Pegamos refrigerantes e escolhemos uma mesa. A criançada estava realmente eufórica. Boa parte das bexigas já tinha sido estourada, e a todo minuto uma criança esbarrava na nossa mesa.

– Meu Deus – a Regina estava de boca aberta. – O que essas crianças têm que não conseguem ficar um segundo quietas?

– Acho que sei como dar um jeito nisso. Vou lá em cima e já volto – o Eduardo falou.

– O que será que ele vai fazer? – perguntei com cara de espanto.

– Minha querida, não faço ideia! Mas, se for algo que acalme essas crianças, vou ficar agradecida.

Passados alguns minutos, o Eduardo surgiu no salão de festas com seu violão. Arrastou uma cadeira para o lugar onde o animador ficaria e começou a tocar músicas infantis. As crianças praticamente voaram para cima dele e sentaram à sua volta. Eram uns trinta rostinhos que olhavam para ele fascinados. Se eu não tivesse presenciado a cena, não acreditaria se alguém me contasse. Ele cantou três músicas e, aproveitando o momento de calmaria, o treinador chamou as crianças para cantar parabéns. Com o bolo cortado e os brigadeiros devidamente devorados, o mágico substituiu o Eduardo na distração das crianças.

– Olha só o que eu trouxe! – ele falou todo animado. – Ser o primo mais velho do aniversariante tem suas vantagens. Peguei um pratinho cheio de brigadeiros.

– Hummm, que delícia – abocanhei um deles, lembrando das recomendações da Ingrid. – Fiquei surpresa de ver como você conseguiu acalmar todas aquelas crianças. Pensei que elas fossem botar o prédio abaixo!

– Quando vi o tio Rubens quase arrancando os cabelos, precisei agir rápido. Eu nunca tinha feito isso antes, resolvi arriscar. Deu certo, ainda bem.

A mãe dele tinha ido ajudar a servir o bolo. Um minuto de silêncio desconcertante surgiu entre nós. O que era até contraditório, no meio daquela gritaria toda. Peguei mais um brigadeiro e enfiei inteiro na boca. Ainda bem que era pequeno. Depois de mais um período de silêncio que parecia interminável, acabei tomando a iniciativa da conversa.

– A música que você cantou no concurso... tem um trecho que fala assim... "Preciso sentir, preciso permitir, não vou me deixar fugir". Do que você está fugindo?

Sinceramente, não consegui acreditar que perguntei isso! Acho que o meu corpo foi tomado por algum espírito. Ele me olhou e sorriu.

– De me apaixonar.

Eu não conseguia tirar os olhos dele. Ele ficou me olhando também, imóvel.

– Eduardo, por favor, você pode ir lá em cima buscar mais guardanapos e copos descartáveis? – o treinador interrompeu aquele momento constrangedor. – Juro que, se eu subir, me tranco no banheiro e não desço mais.

— Calma, tio, tô indo.
— Estão na mesa da sala.
— Vem comigo, Susana?
— Tudo bem.

Entramos no apartamento e pegamos as coisas. Ele já ia se encaminhando para a porta quando voltou. Puxou a minha mão e sentamos no sofá.

— Preciso explicar mais sobre a música.
— Não precisa, Eduardo. Eu banquei a enxerida. Relaxa.
— Lembra daquela trombada que demos no portão do CEM?
— Como posso esquecer? Derrubei tudo no chão!
— Eu achei muito engraçado.
— Engraçado?
— Na verdade... a menina em que eu esbarrei... a Susana, conhece? – achei engraçado o jeito como ele falou. – Ela achou que a trombada tinha sido por culpa dela, mas não foi.
— Não?
— Não! – ele riu. – Eu fiquei no meio do caminho de propósito. Só não esperava que você fosse derrubar tudo no chão.
— Ah...
— Eu vi o último jogo do intercolegial, aquele que todo mundo foi de ônibus. Quando você caiu e machucou o joelho, fiquei morrendo de pena. Queria ter falado com você naquele dia, mas perdi a coragem. Eu já tinha tentado me aproximar três vezes, mas você não estava nem aí pra mim.
— Sério? A primeira vez que eu te vi foi justamente naquele superesbarrão.
— Entendeu por que eu fiquei no caminho de propósito?

Eu não sabia onde enfiar a cara. A vergonha era tanta que me peguei olhando fixamente para o vaso de plantas no canto da sala.

— Eu escrevi aquela música uma semana antes do esbarrão, um pouco antes de me inscrever no concurso de novos talentos. Fiz a música pensando em você. Quando te vi com as MAIS na Estação do Som, durante a apresentação, eu não acreditei.

Já que ele estava sendo sincero, além da conta por sinal, resolvi agir da mesma forma. Não era esse momento que eu vinha ensaiando na minha cabeça fazia semanas?

– E se eu te disser que também me sinto assim, como na música? Que eu também tenho medo?

– Podemos ser dois medrosos juntos... Um ajudando o outro a espantar o bicho-papão – ele riu meio sem graça. – Você está com medo agora?

– Estou – respondi com um fio de voz.

– Eu também.

Ele se aproximou ainda mais. Nossas respirações quase que se misturavam. Até que ele me beijou. Apesar do medo declarado de ambos, isso não impediu que aquele beijo fosse o melhor da minha vida. Perdemos a noção do tempo. Mas, para falar a verdade, acho que não durou mais do que uns dois minutos.

– Eduardo?

– Hã?

– Precisamos descer...

– Por quê?

– Esqueceu que subimos para buscar os guardanapos e copos descartáveis?

– É verdade! – ele riu.

Descemos e entregamos as coisas ao treinador, que fez uma cara estranha quando olhou para a gente. Acho que ele percebeu na hora o que tinha acontecido.

– Vocês me divertem! Vocês me divertem! – saiu gargalhando.

– O que ele quis dizer com isso? – perguntei.

– Que ele não é nada bobo.

Rimos.

* * *

O ensino fundamental tinha chegado ao fim. Aquele tinha sido um ano realmente intenso:

Calma, Susana!

- ✓ A Mari encontrou a profissão da sua vida. Ganhou de presente de Natal um curso de arte dramática, que vai durar um ano inteirinho. Minha amiga vai ser uma atriz de verdade!
- ✓ A Aninha foi a melhor presidente do grêmio que o CEM já teve. Foi com muita tristeza que ela entregou as chaves da sala para a Eulália. Mas não deixou de perguntar se no ensino médio também tem grêmio. Sentiu, né?
- ✓ A Ingrid tinha finalmente encontrado o amor que tanto queria. Ela e o Caíque estavam cada dia mais apaixonados. A gente riu muito depois, comparando nossas histórias românticas envolvendo festinhas infantis. Cada uma teve um cupido. Ela, a Jéssica. E eu, o Rubens.
- ✓ E eu tinha realizado o meu grande sonho de me tornar atleta profissional. E de quebra consegui o mais lindo dos namorados. E, muito em breve, o mais famoso, já que ele vai gravar em estúdio a música "Dentro do coração".

As MAIS

O ano tinha sido perfeito. Cheio de desafios e vitórias. E mesmo nas derrotas, se a gente prestar bastante atenção, vê que não perdeu completamente. Sempre aprendemos alguma coisa.

Resolvemos romper o ano na praia de Copacabana. Formamos um grande grupo de amigos, pais, namorados. Quando os fogos iluminaram o céu, refiz as minhas esperanças. Ano novo, novos desafios, novos rumos. Com as MAIS junto de mim, tudo vai ser maravilhoso!

Conclusão

Aninha carregava os quatro exemplares do livro *As MAIS* com o maior entusiasmo do mundo! Tinha acabado de sair da gráfica onde seu pai trabalhava. Aliás, era muita sorte ter o pai trabalhando lá e garantir um desconto bem gordinho.

Deu um trabalhão juntar as partes que cada uma tinha escrito, escolher a melhor fonte, formatar tudo, montar a capa. Como cada uma tinha ficado responsável por um trimestre, Aninha foi fazendo isso aos poucos durante o ano e, quando Susana entregou sua parte, que era a última, ela correu bastante para finalizar o livro. Agora, mais do que nunca tinha certeza de que queria estudar e trabalhar com livros no futuro. Estava orgulhosa por ter conseguido concluir tudo na primeira semana do ano.

Chegando ao ponto de encontro, na praça de alimentação do shopping, Aninha encontrou Mari, Ingrid e Susana com os olhos arregalados de expectativa. Afinal de contas, seria a estreia das quatro como escritoras!

– Meninas, espero que vocês gostem da arte-final! – Aninha suspirou enquanto entregava um exemplar do livro para cada uma, filmando com sua câmera digital aquele momento histórico. Queria guardar para sempre as expressões de todas.

– Caramba, Aninha! – Mari começou um de seus típicos escândalos e baixou o tom de voz quando percebeu que um monte de gente olhou para elas. – Ficou lindo demais. Acho que vou chorar!

– Olha aqui, dona Maria Rita! A chorona da turma sou eu, viu? Nem vem roubar o meu posto – Ingrid reclamou enquanto abraçava o livro.

– Nem acredito que conseguimos escrever um livro falando sobre a gente! – Susana até tossiu de tão nervosa.

– É como diz o velho ditado: a união faz a força! – Aninha falou animada.

– Só existem esses quatro livros, certo? – Mari perguntou preocupada. – Já pensou se ele cai em mãos, digamos assim, inimigas?

– Eu tenho todos os arquivos do livro, caso a gente precise fazer mais cópias. Mas pode ficar tranquila que ninguém mais vai ver o nosso lindo e exclusivo livro – Aninha a acalmou enquanto desligava a câmera.

– Não sei por que a Mari está tão preocupada – Susana folheava as páginas ansiosa, procurando a parte que tinha escrito. – Eu achei a nossa ideia sensacional! Aposto que, se a gente divulgasse, um monte de gente ia querer imitar.

– Sim, Susana, eu concordo. Mas... todos os nossos sonhos, frustrações, medos e micos de um ano inteiro estão aí! – Mari justificou com uma careta.

– E também as nossas alegrias, conquistas e amores... – Ingrid fez cara de apaixonada.

– Esse momento vai ficar guardado para sempre na nossa memória – disse Aninha. – Todo mundo duvidava que, sendo tão diferentes umas das outras, a gente ficaria tão amigas.

– É verdade – Susana riu. – E graças a vocês consegui superar muitas barreiras e preconceitos.

– Uma ajudou a outra em tudo. Amizade é para isso. Para os momentos alegres e para apoiar nos difíceis também – Ingrid falou já com lágrimas nos olhos.

– E esse ano? Vamos escrever mais um livro falando da nossa entrada no ensino médio? – Aninha quis saber.

Conclusão

– Eu adorei escrever, mas não sei se quero ser escritora... – Mari fez bico, mas logo em seguida teve uma ideia e deu um gritinho de satisfação. – Mas que tal ser uma colunista, uma espécie de repórter? E se a gente escrevesse um blog juntas? A gente ia poder mostrar pra todo mundo! Aliás, quanto mais gente lendo, melhor. E podemos até ficar famosas!

– Um blog? – Ingrid se interessou, mas na verdade pela palavra "famosas".

– É, um blog! – Mari continuou. – A Aninha tem a experiência do blog do grêmio e do literário. E se cada semana uma de nós escrevesse sobre o que mais gosta? Eu podia falar sobre teatro ou contar histórias engraçadas. A Aninha pode continuar falando sobre livros ou outro assunto que envolva cultura. Você, Ingrid, já que adora filmes, pode dar dicas de cinema ou falar sobre esoterismo. E a Susana pode dar dicas de beleza e esporte.

– Mari, arrasou, garota! – Susana se empolgou, abraçando a amiga. – Vamos?

– Que tudo! – Ingrid vibrou. – Tô dentro!

– Já estou até pensando no layout que eu posso fazer para o blog! – foi a vez de Aninha se empolgar.

– Esse blog vai ser um sucesso! – Mari aplaudiu.

– O ano passado foi muito movimentado! E, pelo visto, esse vai ser ainda mais! – Aninha pegou a câmera novamente, foi juntando as mãos de cada uma delas no centro da mesa, formando uma pirâmide, e voltou a filmar. – Ainda bem que vamos continuar no mesmo colégio. Vamos prometer ser amigas para sempre?

– AMIGAS PARA SEMPRE! – as quatro gritaram juntas, com as mãos entrelaçadas, e nem ligaram quando metade da praça de alimentação olhou para elas.

Conheça o Blog das MAIS!

Acesse: www.blogdasmais.com

IMPRESSÃO E ACABAMENTO
YANGRAF
GRÁFICA E EDITORA LTDA.
WWW.YANGRAF.COM.BR
(11) 2095-7722